# Ebenfalls von Ellis Blackwood

## Ein Fall für Samuel Pepys

Band 1: Die Brampton-Hexenmorde

Band 2: Die Pestdoktor-Morde

Band 3: Die Coffee-House-Morde

## The Samuel Pepys Mysteries

Book 0.5: Mr Pepys's Stolen Diaries (via ellisblackwood.com)

Book 1: The Brampton Witch Murders

Book 2: The Plague Doctor Murders

Book 3: The Coffee House Murders

Book 4: The King's Court Murders

Book 5: The Frost Fair Murders

Book 6: The Drury Lane Murders

# Die Pestdoktor-Morde

Ein Fall für Samuel Pepys 2

## Ellis Blackwood

Vintage Mystery Press

*Für Regan, meinen liebsten kleinen Himbeer-Bläser.*

# Contents

# Chapter One

# Rückkehrnach London

In der ländlichen Abgeschiedenheit von Huntingdon-shire, viele Meilen von London entfernt, hatten Abby und Jacob keine Ahnung, dass sie dem verheerendsten Brand entkommen waren, den die Stadt je erlebt hatte.

„Ich sah mich genötigt, meinen Parmesan im Garten zu vergraben", erzählte ihnen Mr Pepys und tupfte sich bei der Erinnerung die Stirn. Das schwere Käselaib war einfach zu unhandlich gewesen, um es in Sicherheit zu bringen.

Samuel Pepys war mit der Kutsche auf dem Rückweg von Brampton nach London. Gegenüber von ihm saßen Jacob Standish, sein persönlicher Inquisitor, und Abigail Harcourt, seine junge Hausmagd, die er kürzlich Standish bei einer Hexerei-Ermittlung hatte assistieren lassen.

Abby, neunzehn Jahre alt, trug ein ausgefranstes Leinenkleid mit wollener Stola und Haube, alles in Creme. Ihr rotes Haar war zurückgebunden, und ihre durchdringenden türkisfarbenen Augen ließen auf einen scharfen Verstand schließen – den sie sich angewöhnt hatte zu verbergen, um keine grobschlächtigen Herren über sich zu verärgern.

Jacob, drei Jahre älter, war doppelt so groß wie sie, von stämmiger Statur, mit buschigen dunklen Augenbrauen, die sich in der Mitte fast berührten. Sein Wams und Rock waren schlicht, und sein Filzhut saß schief auf einer Perücke, die bessere Tage gesehen hatte. Er erinnerte an einen übergroßen Welpen.

Mr Pepys? Der sah – wie immer – tadellos aus. Die Verkörperung eines Gentleman, Herr seines eigenen Schicksals. Doch lag in seinem Wesen, in den geröteten Wangen und dem eifrigen Ausdruck, etwas von einer freudvollen Menschlichkeit, wie sie selten bei Männern seines Ranges zu finden war.

Die zweitägige Reise hatte in bester Stimmung begonnen. Pepys' Schwester Paulina war von allen gegen sie erhobenen Hexereivorwürfen freigesprochen worden – dank Abby und Jacob, was Samuel mit großer Freude erfüllte. Dass sie es geschafft hatten, einen Mörder zu entlarven und Paulinas Unschuld zu beweisen, obwohl sie nur eine Magd und ein gescheiterter Zahlmeisterlehrling waren, war allein schon ein Grund zum Feiern.

Doch irgendetwas schien Pepys zu bedrücken.

Abby und Jacob hatten London am Tag des Feuerausbruchs verlassen: Sonntag, der 2. September 1666. Pepys war eine Woche später zu ihnen gestoßen, nachdem er die Verwüstung mit eigenen Augen gesehen hatte, die das Feuer über seine geliebte Stadt gebracht hatte.

Offensichtlich hatten diese Erinnerungen ihren Tribut gefordert. Pepys wirkte zerstreut, und seine sonst so lebhafte Miene war dem erschöpften und kummervollen Ausdruck gewichen, den er zeigte, während die Kutsche über ausgetrocknete Schlaglöcher rumpelte.

„Sir", sagte Jacob und bemerkte seine Niedergeschlagenheit. „Sagt mir – was bekümmert Euch?"

„Es war, als stünde der Himmel selbst in Flammen", antwortete sein Dienstherr, ins Leere starrend.


Pepys erinnerte sich an die Panik, als ein heftiger Ostwind die Flammen ins Herz der ummauerten mittelalterlichen Stadt trieb. Habseligkeiten wurden auf die Straße geworfen, wo sie sich in den Rinnsteinen stapelten, oder in die Themse geschleudert – in der Hoffnung, sie dem Feuer zu entziehen. Als die Flammen die Lagerhäuser am Nordufer erreichten, explodierten Öle und Pulvervorräte und verwandelten die Stadt in eine irdische Hölle.

Pepys hatte seine wertvollsten Güter per Fuhrwerk ins Haus eines Freundes in Bethnal Green bringen lassen, nachdem er zuvor seine teuren Vorräte, nur mit dem Nachthemd bekleidet, im Garten vergraben hatte. Danach lebte er in ständiger Angst, sein Haus in der Seething Lane – kaum eine halbe Meile vom Ausgangspunkt des Feuers in der Pudding Lane entfernt –

würde ebenfalls in Flammen aufgehen. Gott – und die Windrichtung – waren seine Retter gewesen.

In seinem Amt als Clerk of the Acts beim Navy Board diente Pepys dem König Karl II. und dessen Bruder James, Herzog von York, als Berater. Am Tag des Ausbruchs war er per Boot nach Whitehall Palace gefahren, wo der Hof residierte, um Seiner Majestät von der drohenden Katastrophe zu berichten. Er schlug vor, Häuser auf dem Weg des Feuers niederzureißen, um dessen Vormarsch zu stoppen. Der König fand das eine vortreffliche Idee und beauftragte ihn, dies dem Oberbürgermeister, Thomas Bludworth, zu überbringen.

Pepys verengte die Augen. „Als ich den Oberbürgermeister schließlich in der Cannon Street fand, bot er einen kläglichen Anblick, mit einem Tuch um den Hals. Auf die Botschaft des Königs hin rief er wie eine ohnmächtige Frau: ‚Herr, was soll ich tun? Ich bin am Ende, und das Volk gehorcht mir nicht. Ich reiße Häuser nieder, doch das Feuer ist schneller, als wir handeln können.'"

Als der König vom Rückzug Bludworths erfuhr, übernahmen er und der Herzog von York selbst die Leitung der Brandbekämpfung. Pepys erinnerte sich, wie der Herzog sich in eine Kette von Männern mit Ledereimern einreihte, das Feuer zu löschen versuchte und beinahe sein Leben verlor, als ein Gebäude hinter ihm einstürzte.

Nachdem das Feuer über den River Fleet gesprungen war und in Richtung Westminster und Whitehall drängte, zog sich Karl mit seinem Hof in die sichere Residenz von Hampton Court zurück und überließ seinem Bruder das Kommando.

Pepys erinnerte sich an seinen Besuch in der königlichen Werft in Woolwich – von dort aus wirkte es, als stünde die ganze Stadt in Flammen. Die düstere Rauchwolke über dem Panorama der Feuerzungen verdunkelte den Himmel wie eine ewige Mitternacht.

Am Donnerstag, dem fünften Tag des Brandes, ließ das Feuer schließlich nach. Der Wind flaute ab, und Feuerwehrleute – teils zwangsverpflichtet – sprengten genug Holzhäuser, weit genug vom Brandherd entfernt, um den Flammen den Nachschub zu entziehen. „Die Verwüstung blieb", seufzte Pepys.

Vier Fünftel der ummauerten Stadt, so schätzte er, mit ihren engen Gassen und Fachwerkbauten, lagen in Trümmern. Trotz der Zerstörung sollen nur ein halbes Dutzend Bürger umgekommen sein, doch Tausende waren nun obdachlos.

Die belebte Einkaufsstraße Cheapside war verschwunden, berichtete Pepys, ebenso die prächtige Tauschbörse, auf der die Kaufleute einst gehandelt hatten. Das Bleidach von St Paul's Cathedral war geschmolzen und wie Lava die Straßen hinabgelaufen, während das Bauwerk darunter in sich zusammenfiel.

Am Ende dieser tragischen Rückschau rang Pepys die Hände und neigte den Kopf. Jacob tat es ihm gleich, wobei ihm der Hut vom Kopf rutschte. Abby, den Tränen nahe, hob ihn auf.

„Sir", sagte Jacob mit ernster Stimme. „Wisst Ihr… hat mein Haus in der Strand Lane den Brand überstanden?"

Pepys atmete tief durch, streckte die Hand aus und klopfte Jacob beruhigend auf den Oberschenkel. „Fürchtet Euch nicht, Mr Standish. Das Feuer hat nicht einmal Temple Bar erreicht – dank vieler tapferer Seelen. Euer Haus steht noch, das könnt Ihr mir glauben."

Abby wischte sich mit einem schmutzigen Ärmel die Augen. „Master Pepys, was wird nun aus London?"

Pepys richtete sich auf, aus der gebeugten Haltung, in die ihn seine Erinnerungen gedrückt hatten. „Diese Stadt hat Hunderte von Jahren überstanden, Abigail, und sie wird noch viele Hundert weitere überdauern, wenn wir längst zu Staub zerfallen sind. Wir müssen dieses Unglück als Gelegenheit sehen. Eine Gelegenheit für große Männer, sich bei der Wiedererrichtung der Stadt einen Namen zu machen – sodass sie zum Neid der ganzen Welt wird."

Jacob klatschte spontan Beifall. „Sir, Eure Worte werden ganz London Mut machen."

Pepys errötete leicht und lächelte in sich hinein.

„Wenn wir zurückkehren", sagte Jacob, „möchte ich gern mein Haus aufsuchen, um nachzusehen, ob meine Habseligkeiten nicht vom Rauch beschädigt wurden."

Pepys schüttelte den Kopf. „Nein, dafür bleibt keine Zeit, Mr Standish. Ich werde einen Boten schicken, der sich darum kümmert. Eure Aufmerksamkeit wird anderweitig gebraucht."

Der jüngere Mann richtete sich auf. „Ein neuer Auftrag, Sir? Ich fürchtete schon, wir würden nach Brampton aufs Altenteil geschickt."

Pepys verschluckte sich fast. „Gütiger Himmel, Nein – Eure Arbeit als mein persönlicher Inquisitor hat gerade erst begonnen! Ich habe bereits einen höchst rätselhaften Fall im Sinn, der selbst Euch überfordern dürfte…"

# Chapter Two

# Der Pestdoktor

Während ihre Kutsche durch die Nacht rumpelte, begann Pepys, die nächste Untersuchung seiner Inquisitoren zu umreißen.

Als Sekretär des Navy Board war Samuel Pepys verantwortlich für die Verwaltung der königlichen Werften: am Medway in Chatham (Kent), in Portsmouth an der Südküste, sowie in den rasch wachsenden Londoner Vororten Woolwich und Deptford.

Aus letzterem war ihm ein wahrhaft erschreckender Bericht zu Ohren gekommen.

Einer der Zahlmeister in Deptford war ein gewisser Robert Drake, mit dem Pepys gelegentlich zu Abend gespeist hatte. Ihre Aufgaben seien ähnlich, sagte Pepys – wenn auch, wie er rasch versicherte, seine eigene von weitaus größerer Bedeutung sei. Er hatte eine gewisse Zuneigung zu Drake gefasst, der einen wachen Kopf für Zahlen besaß. Pepys schätzte dessen neugieriges Wesen und Wissensdurst, sah darin eine gemeinsame Hingabe an die Suche nach Erkenntnis – eine Tugend, die er überaus hoch bewertete. (Er erkannte denselben Zug in Abby und hoffte, dass auch Jacob ihn eines Tages unter seiner Anleitung entwickeln würde.)

Pepys gestand seinen Inquisitoren, er sei zutiefst erschüttert gewesen, als ihn die Nachricht aus Deptford erreichte, dass Robert Drake um sein Leben fürchte. Eine schwarz gekleidete Gestalt, verkleidet als Pestdoktor, sei nachts über das Werftgelände geschlichen.

Die Gestalt – vermutlich ein Mann, da der Gedanke, es könne eine Frau sein, als undenkbar galt – trug die typische lederne Kapuze mit gläsernen Sichtlöchern, die den gesamten Kopf bedeckte, um den Träger vor dem giftigen Miasma zu schützen, von dem man glaubte, es übertrage die Pest. Am unheimlichsten jedoch war der lange, schnabelartige Lederaufsatz der Maske, dessen Spitze mit duftenden Kräutern gefüllt war, um die Luft zu reinigen. Der groteske Schnabel verlieh dem Träger das unheilvolle Aussehen eines riesigen Raben – ein Anblick, der selbst gestandene Männer das Fürchten lehrte.

Pestdoktoren in solcher Kleidung waren im Vorjahr und bis weit in dieses hinein ein vertrauter Anblick gewesen, da die Seuche sich hartnäckig hielt. Seit dem Frühjahr jedoch war die Zahl der Todesfälle gesunken, und London begann allmählich, zu seinem gewohnten Takt zurückzufinden.

Am Abend vor seiner Abreise nach Brampton war Pepys die Nachricht zugetragen worden, dass Humphrey Wilkes, ein erfahrener Matrose und enger Freund von Robert Drake, eine unheimliche Entdeckung gemacht habe: An seiner Tür prangte in dunkler Farbe ein Kreuz, daneben die Worte: „GOTT HABE ERBARMEN MIT IHM."

Solche Zeichen waren nur allzu bekannt – während der Pest hatte man sie zahllose Male gesehen. Sie wurden auf Türen von Häusern gemalt, deren Bewohner infiziert waren – normalerweise jedoch in Rot, mit der Aufschrift: „GOTT HABE ERBARMEN MIT UNS."

Wilkes' Botschaft hingegen schien sich gezielt gegen ihn zu richten – und seinen nahenden Tod anzukündigen.

Doch Wilkes war kein Mann, mit dem man sich leicht anlegte, merkte Pepys an. Obwohl kaum über dreißig, hatte er viele Jahre in der Marine gedient. Er hatte im ersten holländischen Krieg der frühen 1650er gekämpft sowie im spanischen Krieg, der 1660 endete. Sein rechtes Auge verlor er bei der Eroberung Jamaikas 1655, als eine Kanonenkugel die Reling zerschlug, die er verteidigte, und ihn von Holzsplittern traf.

„Und was hat das mit Robert Drake zu tun?", fragte Jacob.

„Wilkes wurde aufs Grässlichste erschlagen", entgegnete Pepys. „Zwischen den Augen erschossen, in seinem eigenen Haus – und ein Pestdoktor wurde fortgehen gesehen."

„Und Drake?", fragte Abby.

„Entdeckte unlängst an seiner Tür ebenfalls ein schwarzes Kreuz", sagte Pepys, „und dazu die Worte: ,GOTT HABE ERBARMEN MIT IHM.'" Dann wandte er sich mit ernster Miene Jacob zu und schloss dessen Hände in die seinen. „Mr Standish, ich fürchte sehr um das Leben meines Freundes. Ihr müsst ihn retten."

Jacob kannte die königlichen Werften gut, da er einst in Woolwich als Zahlmeisterlehrling gearbeitet hatte. Ein selbstbewusstes Glitzern trat in seine Augen. „Sir, Ihr werdet es nicht bereuen, mir Euer Vertrauen zu schenken. Wir haben in Brampton gesiegt – und wir werden auch in Deptford obsiegen."

Nach einer Übernachtung im King's Arms zu Stevenage – demselben Gasthof, in dem Abby und Jacob auch auf dem Weg nach Brampton gerastet hatten – erreichte die Gruppe am Abend des Donnerstags, den 13. September, Seething Lane. Alle waren dankbar, dass das unablässige Gerüttel ihrer Knochen und das Taubwerden ihrer Hinterteile auf dem harten Kutschensitz endlich ein Ende hatte.

Pepys' Haus lag auf dem Gelände des Navy Board, nur einen Steinwurf von seinem Büro entfernt, hinter einem Ziergarten. Anders als die ärmeren Unterkünfte, die im Brand vernichtet worden waren, bestand es aus drei Stockwerken roten Ziegelwerks und hatte hübsche Bleiglasfenster. Gegenüber schlug die Glocke der Kirche St Olave jede Stunde und bestimmte Pepys' Tagesrhythmus.

Die Küchenmagd Mary Blythe machte einen Knicks, nahm Mr Pepys Hut und Mantel entgegen, tat dasselbe für Jacob und grinste Abby an, die zuletzt eintrat. „Wo wart Ihr nur?" formte sie mit den Lippen, die Augen glänzten vor Neugier.

Abby legte den Finger auf die Lippen.

Am nächsten Morgen war sie vor Sonnenaufgang auf den Beinen.

Obwohl Jacob ihre frühere Zusammenarbeit als gemeinsames Werk bezeichnet hatte, hielt Abby es keineswegs für ausgemacht, dass Pepys sie erneut begleiten lassen würde. Sie hatte bemerkt, dass ihr Dienstherr stets nur von Standish als seinem „persönlichen Inquisitor" sprach – und das verletzte sie.

Sie wusste, dass viele der entscheidenden Schlussfolgerungen von ihr kamen; die schärfere Klugheit lag bei ihr. Jacobs Stärke lag in seinem Blick fürs Detail – er bemerkte Dinge, die ihr entgingen – und in seinem Stand, der ihnen Zutritt verschaffte zu Orten und Personen, die einer einfachen Magd verschlossen geblieben wären.

Jacob war der Sohn des verstorbenen Sir Miles Standish, einst Vermessungsbeamter des Navy Board und ein ehemaliger Freund und Kollege von Mr Pepys. Sowohl ihr Herr als auch Jacob glaubten, Sir Miles sei ermordet worden – und da ihre Zuneigung zu Jacob während der Ermittlungen gewachsen war, hoffte sie, diesen Fall würden sie eines Tages gemeinsam verfolgen dürfen.

Doch am Morgen des 14. September wagte Abigail Harcourt keine Annahmen. Wie gewohnt stand sie mit der Morgendämmerung auf, zog ihre Magdkleidung an – Rock, Mieder und Schürze –, band ihr langes, feuerrotes Haar zusammen, steckte es unter die Baumwollhaube und begann mit einem Seufzer, die kalten Kamine des Hauses zu reinigen.

Es war noch dunkel draußen, und der Geruch der Stadt – nach dem Feuer noch immer glimmend – stieg ihr in die Nase.

„Was, um alles in der Welt, tust du da, Mädchen?"

Die Stimme ließ sie zusammenzucken. Sie drehte sich um – da stand ihr Herr, bereits gekleidet in feinste Seide und Samt, das Perückenkäppchen auf dem Kopf, geschmückt mit einer Feder. Er sah aus wie jemand, der entschlossen war, Großes zu tun.

„Verzeiht, Sir?", sagte sie, stand auf und machte einen Knicks.

Pepys winkte sie die Treppe hinauf, wie ein Bauer, der Gänse zusammentreibt. „Schnell, pack deine Sachen, Mädchen! Du wirst Mr Standish zum Frühstück begleiten und dann zum Kahn am Fluss eilen!"

Sie hielt inne. „Ich soll mit Jaco… mit Mr Standish nach Deptford?"

„Ja, Mädchen! Beeil dich!", rief Pepys ihr nach, als sie auf den hölzernen Stufen verschwand. „Ich habe deinen Auftritt in Brampton miterlebt und war höchst beeindruckt. Wollte ich jemanden entsenden, meinen persönlichen Inquisitor bei dieser äußerst beunruhigenden Ermittlung zu begleiten – so wäre es in der Tat du."

Auf dem hölzernen Bettgestell in ihrer Dachkammer lag ein neues Kleidungsset, das Pepys für sie hatte anfertigen lassen: ein marineblaues Wollkleid, ein eng anliegendes, mit Fischbein verstärktes Mieder, ein Leinenunterrock, ein weißes Halstuch und eine bestickte Haube. Abby schnappte nach Luft und hielt sich die Hände vor den Mund. Noch nie hatte sie ein besticktes Kleidungsstück besessen.

Ihr war klar, warum ihr Herr so tief in die Tasche gegriffen hatte: Sie vertrat ihn – und in solcher Aufmachung, wusste Pepys, würde man ihr mehr Respekt entgegenbringen. Dennoch fühlte es sich wie eine Art Beförderung an.

Eifrig riss sie ihre fleckigen Mägdekleider herunter und schlüpfte in das neue Gewand, staunend über Qualität und Frische des Stoffs. Da sie keinen Spiegel besaß, drehte sie sich auf dem kleinen Bodenplatz im Kreis und stellte sich vor, wie hinreißend sie wohl aussehen musste.

# Chapter Three

# Deptford mit der Wherry

Abby und Jacob fühlten sich gedrängt, mit eigenen Augen die Nachwirkungen des großen Feuers zu sehen. In der Dunkelheit waren sie bei Mr Pepys angekommen, nun standen sie im ausgewaschenen Licht eines frühen Herbstmorgens und blickten auf eine Szene der Verwüstung.

Vom unteren Ende der Seething Lane aus, gen Süden schauend, waren die hölzernen Häuser von Beer Lane und Thames Street verschwunden, reduziert zu Aschehaufen. Nur die steinerne Kirche All Hallows-by-the-Tower stand noch, als wäre sie vom Allmächtigen selbst geschützt worden.

Schweigend gingen sie westwärts die Tower Street entlang, flankiert von Trümmern. Vor ihnen: wo einst ein Gewirr aus eng aneinander gedrängten Gebäuden fast zwei Meilen lang die Sicht versperrt hatte... nichts. Rauchende Ruinen, so weit das Auge reichte, dazwischen

Gestalten, die suchend durch das Schuttfeld irrten – verloren.

Die Häuser in der Mincing Lane, nur zwei Straßen von der Seething Lane entfernt, waren fort. Nun wurde ihnen überdeutlich, welch unverschämtes Glück Mr Pepys gehabt hatte, dem Inferno zu entkommen.

Einige kleine Feuer brannten noch immer, fast zwei Wochen nach Ausbruch der Katastrophe, und die Sohlen ihrer Schuhe wurden unangenehm heiß. Beißender Rauch zog über die Szene.

Erstaunlicherweise war nun die alte Londoner Stadtmauer in der Ferne zu erkennen – fast eine Meile entfernt, auf höherem Grund –, die zuvor von Gebäuden verdeckt gewesen war. Aldersgate und Cripplegate, durch die sie auf dem Weg nach Brampton gekommen waren, hatten die Flammen abgehalten, doch Newgate und Ludgate, weiter westlich, waren durchbrochen worden, sodass das Feuer bis nach Westminster vordringen konnte.

Abigail fiel auf die Knie und begann hemmungslos zu weinen. Als Jacob ihr eine Hand auf die Schulter legte, hob sie nicht einmal den Kopf.

„Erinnert Euch an Mr Pepys' Worte über den Wiederaufbau", sagte er. „London wird zurückkehren." Er hustete im Rauch. „Kommt – wir müssen unsere Wherry finden."

Abby sammelte sich, klopfte sich Asche vom Saum ihres Kleides. Jacob spürte eine Träne in seinem rechten

Auge aufsteigen, die über seine eingefallene Wange und durch den Stoppelbart rann. Er wischte sie verstohlen weg, ehe sie es bemerken konnte. Auch dies war seine Stadt.

Später würden sie erfahren, dass 400 Straßen, 13.200 Häuser und 87 Kirchen dem Brand zum Opfer gefallen waren – dem, was man künftig den Großen Brand von London nennen würde.

Auf demselben Weg, den sie gekommen waren, gingen sie zurück, schnitten durch Cross Lane und Harp Lane und traten auf die Water Lane hinaus, die hinunter zum Fluss und zum Kai des Custom House führte. Das Custom House selbst war ein Raub der Flammen geworden, doch der Kai zeigte Anzeichen eifriger Instandsetzung, sodass der Flussverkehr wieder aufgenommen werden konnte.

In der Tat: Die Themse war belebter denn je.

Während des Feuers hatten sich die Bewohner Londons entweder über eines der Stadttore aufs Land geflüchtet oder waren zum Fluss geeilt. Die Wasserleute der Themse, obwohl tausendfach vertreten, hatten Mühe gehabt, dem Andrang gerecht zu werden. Das bloße Gewicht der Menschenmassen, ihrer Habseligkeiten, der Panik… Es grenzte an ein Wunder, dass so wenige Todesopfer zu beklagen waren.

Nun kehrten die Menschen zurück – in der Hoffnung, irgendetwas von ihrem früheren Leben retten zu können.

„Mr Standish? Mr Jacob Standish?"

Der Ruf ertönte, als sie sich dem Kai näherten.

Jacob entdeckte einen grinsenden Wasserträger mittleren Alters, der in einem offenen Ruderboot stand und ihm zuwinkte. Er bahnte sich den Weg durch eine drängelnde Menge und stieg die hölzernen Stufen zur Wherry hinab, darauf bedacht, dass Abby ihm folgte.

Ein zweiter Wasserträger befand sich bereits im Boot – er glich dem ersten aufs Haar: Tweedmütze, Kittel aus Segeltuch, vorstehende Stirn, kaum erkennbares Kinn – doch wirkte er entschieden grimmiger.

„Ich bin Mr Standish", sagte Jacob. „Und dies", er deutete hinter sich, „ist Abigail Harcourt."

„Ich weiß wohl, wer Ihr seid, Sir. Clement Kilgore, Sir – Mr Pepys' persönlicher Wasserträger. Und das, Sir, ist mein Bruder Osbert."

Osbert schnalzte missbilligend mit der Zunge.

„Kümmert Euch nicht um ihn, Sir", sagte Clement heiter. „Der beste Ruderer auf dieser Seite des Bootes."

Jacob richtete seine Perücke. „Wie, in aller Welt, habt Ihr mich erkannt? Wir sind uns nie zuvor begegnet."

„Mr Pepys hat Euch beschrieben, Sir."

„Und wie hat er mich beschrieben?", fragte Jacob, stieg ins Boot – und hätte es dabei fast umgeworfen. Sein

Hut fiel ins schlammbraune Wasser, er fischte ihn hastig heraus.

Clement blickte zu Osbert, Osbert blickte zu Clement – und beide kicherten gleichzeitig.

„Ich glaube nicht, dass Ihr das hören möchtet, Sir“, sagte Osbert.

Abby, im schwankenden Boot kaum haltfindend, ließ sich neben Jacob plumpsen, ehe sie das Gleichgewicht verlor, und schob ihn zur Seite, um mehr Platz zu gewinnen. „Beachtet sie nicht“, sagte sie und fügte flüsternd hinzu: „Narrenpack.“

Wer von den drei Männern nun am beleidigtesten dreinschaute, war nicht zu sagen.

Während die Brüder Kilgore ostwärts die Themse hinab ruderten, drehte sich Abby um und stupste Jacob an, es ihr gleichzutun.

Dort war er – die London Bridge. Die Gebäude am Nordende allesamt vom Feuer zerstört. Eine Lücke zwischen den Häusern – entstanden beim letzten Großbrand von 1633 – hatte die übrigen vor den Flammen bewahrt.

Kurz vor der Brücke lagen die rauchenden Überreste des Billingsgate Market und seiner Lagerhäuser.

Beide wandten sich gleichzeitig ab – erleichtert, endlich einen Teil Londons zu sehen, der unversehrt geblieben war.

Hinter dem mächtigen Tower of London glitten sie an den Brauhäusern vorbei, wo große Brauereien ihre Wasserzufuhr aus der Themse zogen. Der Fluss bog bei Wapping nach links ab – ein weitläufiges Marschland, das reiche Kaufleute sich zunutze machten: große Häuser für sich selbst, deutlich kleinere für ihre Arbeiter.

Sie passierten Shadwell, einst kaum besiedelt, nun aber belebt mit Hunderten von Häusern, Läden, Tavernen und einem privaten Hafen. Dann Ratcliff Cross, lange Zeit die oberste Stelle der Themse, an der große Schiffe ihre Ladung löschen konnten – da ihre Masten zu hoch waren, um unter den Brückenbögen Londons hindurchzupassen.

Das Wasser war trüb, mit umhertreibendem Abfall: Speisereste, zerbrochene Möbel, tote Tiere – und Schlimmeres. Der eigentümliche Salzgeruch der auflaufenden Tide mischte sich mit dem Gestank des Verfalls. Londons Lebensader mochte sie sein – malerisch war die Themse nicht.

Seit dem Ende des Bürgerkriegs war das Ufer östlich des Towers – einst Wiesen und Morast – zunehmend bebaut worden, da Kaufleute ihre Geschäfte ausweiteten. Alles, was Seeleute und Schiffbauer brauchten, war nun vorhanden.

Am Wasser: Kaianlagen, Docks und die dazugehörigen Gewerke – Kerzenzieher, Proviantlieferanten, Seiler,

Holzhändler und viele mehr. Dahinter: Häuser. Dahinter: Felder.

Zwei Jahre lang war Jacob diese Strecke täglich gefahren. Sein Vater, Sir Miles Standish, ein hoher Beamter im Navy Board wie Pepys, hatte ihm mit seinem Einfluss den Posten als Zahlmeisterlehrling verschafft. Jacobs akademische Leistungen waren bescheiden gewesen; die Bemühungen privater Lehrer und gelehrter Professoren in Oxford hatten kaum Frucht getragen. Auswendiglernen lag ihm nicht – er zog praktische Erfahrung vor.

Nicht, dass seine Zeit als Lehrling ein voller Erfolg gewesen wäre. Einmal hatte er sich bei der Berechnung des lebenswichtigen Biersolls für die Besatzung einer Fregatte – Wasser war ungenießbar – um den Faktor zehn verrechnet.

Wo den 300 Mann je ein Gallon Bier täglich zustand, hatte er nur einen knappen Pint veranschlagt.

Der Fehler wurde zum Glück rechtzeitig entdeckt und eine Meuterei abgewendet – doch das Schiff musste nach Woolwich zurückkehren. Da dies keineswegs sein erster Rechenfehler gewesen war, wurde Jacob kurzerhand entlassen.

Abby bemerkte seinen finsteren Blick und fragte: „Was bedrückt Euch, Jacob?"

Er senkte den Kopf. „Mein Vater erwartete, dass ich Erfolg hätte."

Sie wusste von seinem gescheiterten Marineversuch und ahnte, dass diese Reise alte Wunden aufriss. „Als Zahlmeister?"

Jacob nickte.

„Warst du traurig, den Posten zu verlieren?"

Er zuckte mit den Schultern. „Nein. Unter Seeleuten fühlte ich mich nie wohl."

„Falsche Figur!", mischte sich Clement Kilgore ein, ohne den Rudertakt zu verlieren. „Seeleute sind schmal und sehnig, oder? Wegen all dem Klettern in den Masten. Du würdest nicht mal von Deck kommen. Zu groß."

Jacob richtete sich empört auf. „Ich war nur Zahlmeister!"

„Ein gescheiterter Zahlmeister", warf Osbert ein und stieß seinem Bruder den Ellbogen in die Seite.

„Wie könnt ihr es wagen, unser Gespräch zu belauschen!", rief Jacob und wollte aufstehen – doch als die Brüder ihre breiten Schultern kreisen ließen, setzte er sich sofort wieder.

Danach herrschte Stille im Boot.

Nachdem sie eine lange, gemächliche Biegung des Flusses gemeistert hatten, näherten sie sich der Werft von Deptford. Die Flut war mit ihnen gewesen, und so sehr man die Kilgores auch kritisieren mochte – Ruder führen konnten sie. Jacob schätzte, dass sie kaum länger als eine Stunde gebraucht hatten.

Sie hörten die Docks, ehe sie sie sahen: Hämmern, Sägen, Rufe.

In diesem industriellen Abschnitt des Flusses war mehr Betrieb, die Schiffe größer – Lastkähne, Yachten, Kriegsschiffe und Handelsschiffe.

Trotz des unrühmlichen Endes seiner Marinezeit kannte Jacob die Gegend und ihre Geschichte gut.

Hinter der nächsten Biegung, erklärte er Abby, befände sich die Werft von Blackwall, wo die allmächtige Ostindien-Kompanie ihre Schiffe gebaut und ausgerüstet hatte. Weiter flussabwärts lag Woolwich, wo er selbst gedient hatte. Doch in Deptford begann der ernsthafte Schiffbau.

Die Galeonen der Ostindien-Kompanie hatten den Anfang gemacht – groß genug für schwere Fracht, stark genug bewaffnet, um sich gegen Freibeuter zu behaupten.

Könige wie auch Lordprotektor Cromwell hatten sich von privatem Unternehmertum und modernem Schiffsbau inspirieren lassen – und ihre Kriegsflotten entsprechend modernisiert.

Derzeit befand sich König Karl im Zweiten Holländischen Krieg, der im Vorjahr begonnen hatte. Ziel war es, den Handel von den Niederländern zu entreißen und England zur Vormacht zu machen – ein zäher Kampf.

Für die Männer in Deptford war das eine gute Nachricht. In Friedenszeiten wurden Seeleute entlassen – ohne Lohn. Jacob hatte das Elend dieser Familien mit eigenen Augen gesehen. Im Krieg immerhin konnten sie verdienen – sofern der König sich ihren Sold leisten konnte.

Deptfords Werft war 1513 unter Heinrich VIII. gegründet worden und mit den Namen berühmter Seefahrer verbunden: Francis Drake, von Königin Elisabeth I. hier zum Ritter geschlagen, und Walter Raleigh.

Abby hatte einst bei Verwandten in Greenwich gelebt, gegenüber von Blackwall, und die riesigen Kriegs- und Handelsschiffe oft unter Segel gesehen – doch nie aus Sicht eines Flussfahrenden. Ein Wasserboot konnte sie sich nie leisten.

Kaianlagen, Schiffshellen und Gebäude aller Art säumten das Ufer. Am auffälligsten war das zweistöckige Große Lagerhaus aus Backstein mit seinem hohen Turm – ein Relikt aus der Zeit der guten Königin Bess.

Zwei mächtige Galeonen mit je drei Masten lagen im Königlichen Werftteil vor Anker. Ihre flachen, üppig verzierten Hecks ragten rot, blau und golden bemalt über Abby und Jacob hinweg.

Ihr Boot trieb nun auf die Anlegestelle am Upper Water Gate zu. Abby war schon aufgestanden, ehe der Bug die hölzerne Treppe leicht berührte. Als sie nach Jacob

Ausschau hielt, war dieser noch immer zusammengesunken, nestelte geistesabwesend an seiner Perücke.

„Kommt, Mr Standish", rief sie und winkte ihm.

„Was wollt ihr denn hier?", fragte Clement.

„Unsere Angelegenheiten gehen Euch nichts an", erwiderte Jacob schneidend – und war innerlich stolz auf den Ton.

Osbert grinste ihn mit schwärzlichen Zähnen an. „Ich wette, er soll die Abtritte schrubben."

Clement schlug ihm auf den Rücken, und die Brüder lachten sich scheckig.

„Tatsächlich jagen wir einem mordenden Pestdoktor nach", sagte Abby und stieg anmutig aus dem Boot.

# Chapter Four

# Henry Trevelyan

Zur Zeit der Herrschaft von König Jakob I. wurde im Fischerdorf Mousehole (ausgesprochen „Mausl") in Cornwall ein kleiner Junge geboren. Seine Eltern, Thomas und Anne Trevelyan, tauften ihn auf den Namen Henry – ein Name, wie gemacht für einen König und einen aufrechten Anglikaner.

Mousehole lag in einer Bucht von Mount's Bay, weit im Südwesten Englands, kaum zehn Meilen Luftlinie von Land's End entfernt. Obwohl die umliegende Küste rau war, bot Mousehole Schutz vor Stürmen, und seine Gemeinschaft lebte in enger Verbundenheit mit dem Meer.

Thomas war Fischer. Während der einträglichen Sardinensaison – von Juli bis November, manchmal auch bis Dezember – half er beim Einholen der öligen Fische, etwa so lang wie eine Männerhand, mithilfe von „Seinenetzen". Diese hingen senkrecht im Wasser, waren unten beschwert und hatten oben Korkschwimmer. Die Fangmethode war tausende Jahre alt, doch sie hatte sich bewährt. An besonders guten Tagen konnte ein einziges Netz Hunderttausende Fische einfangen.

Die Sardinen wurden teils vor Ort verzehrt, teils gesalzen und gepresst haltbar gemacht und vor allem nach Italien und in andere Mittelmeerregionen exportiert. Ihr Öl – ein Nebenprodukt des Pressens – wurde als Brennstoff zum Heizen und Beleuchten verwendet (mit einem unverwechselbaren, fischigen Geruch).

Außerhalb der Sardinensaison fischte Thomas nach Krabben, Hummern und Langusten, wobei er Ketten von aus Weiden geflochtenen „Withy-Körben" verwendete. Wenn das Wetter zu rau war, um auszufahren, flocht er neue Körbe oder flickte seine Netze an Land. Diese Traditionen waren von Generation zu Generation weitergegeben worden – so war es im Fischervolk.

Als der kleine Henry heranwuchs – mit großen Augen und einem brennenden Wissensdurst – sah er in seinem Vater einen Helden. Es war unausweichlich, dass er ihm eines Tages auf See folgen würde.

Die Fischerhäuser in Mousehole, erbaut aus lokalem Stein mit Schieferdächern, drängten sich dicht um den Hafen. Dieser war durch eine massive Steinmauer geschützt und besaß einen Kai, an dem die Boote sicher vertäut lagen.

Dazu kamen eine Schmiede, Fischkeller zum Verarbeiten und Lagern der Fische, hohe Netzhäuser aus Holz zum

*Trocknen und Reparieren der Netze sowie das Büro des Hafenmeisters – alles für die Gemeinschaft bestimmt.*

*Henrys Mutter Anne war Hebamme und Geschichtenerzählerin, die seinem jungen Kopf kornische Märchen einflößte, welche seine Vorstellungskraft befeuerten.*

*Ein Riese namens Cormoran, so erzählte sie, habe die kleine Insel St Michael's Mount erbaut, die man von Mousehole aus in der Bucht sehen konnte. Von dort aus sei der Riese hinüber zum Festland gewatet, um Vieh zu rauben. Zum Bauen habe er weißen Granit verwendet, geholfen habe ihm seine Frau Cormelian. Doch eines Nachts, als er erschöpft einschlief, habe sie heimlich grünen Stein gesammelt, der leichter zu finden und zu tragen war. Als Cormoran dies bemerkte, habe er wütend nach ihr getreten.*

*Die Steine, die aus ihrer Schürze fielen, so erklärte Anne, hätten Chapel Rock geformt – direkt vor St Michael's Mount.*

*Als kleiner Junge sammelte Henry Steine, so schwer er tragen konnte, stampfte durch den Garten und spielte den Riesen Cormoran. Dann türmte er sie zu seinem eigenen „König-Henry-Berg".*

*Er glaubte fest daran, dass in den Steinen und Hecken von Mousehole Piskies lebten – kleine Wesen, bekannt für ihren Tanz, deren Königin Joan the Wad hieß (wad = Fackel).*

*Ebenso real wie seine Eltern waren ihm die männlichen Wassergestalten namens Bucca. Henry saß oft mit baumelnden Beinen auf der Hafenmauer und versuchte, einen dieser Meer-*

männer zu erspähen – jedes Glitzern auf der Wasseroberfläche könnte ein Zeichen für ihre Bewegung gewesen sein.

Sein Kopf war voller Möglichkeiten.

Als er acht Jahre alt war, während der Sardinensaison des Jahres 1632, wurde Henry von einem alten Mann, den er nur als Peck kannte, den steilen Pfad hinauf zur Hütte eines Huer auf der Landzunge geführt. Sein Vater hatte ihn schon oft mit hinausgenommen auf sein Boot, die Anne's Hope, und ihm Knoten, Techniken und Fangmethoden gezeigt. Doch an jenem Tag sollte Henry selbst die Schwärme erspähen – als Huer – und beim Entdecken den wartenden Booten zurufen: „Hevva!", während er mit Ginsterbüschen winkte.

Peck, mit richtigem Namen Petroc Penhaligon, war einst ein hochgeschätzter Fischer gewesen. Vor einigen Jahren hatte er sich auf See den Arm gebrochen – er war nie richtig verheilt, und so fehlte ihm die Kraft zum Netzziehen oder Rudern. Nun arbeitete er an Land. Thomas Trevelyan wusste, dass Peck der richtige Lehrer für seinen Sohn war.

Die Sardinenschwärme, die an jenem Tag wärmeren Strömungen folgend in die Bucht kamen, waren die größten seit Jahren. Unter Pecks Anleitung erspähte Henry aus großer Entfernung den öligen Schimmer auf der Wasseroberfläche – Zeichen der Fische darunter. „Hevva!", rief er aufgeregt hinunter zu den Booten und Männern am Ufer, seine hohe Knabenstimme flatterte im Wind.

„Hevva!", rief auch Peck zur Verstärkung.

*Es wurde der größte Fang, den Mousehole je erlebt hatte. Im Gasthaus danach wurde Henry von den feiernden Dorfbewohnern mit etlichen Schlucken Bier betrunken gemacht.*

*Seit jenem Tag nahm Thomas seinen Sohn mit, wann immer er hinausfuhr. Der junge Henry lernte schnell: Navigation, Gezeiten, Strömungen, Wetterdeutung; das Bestücken, Setzen und Einholen der Körbe; Pflege von Boot, Netz und Segel; Fischarten unterscheiden... Er sog alles in sich auf.*

*Er war für dieses Leben gemacht, fühlte er – es lag ihm im Blut. Er liebte es, das Land hinter sich zu lassen und hinauszufahren auf das belebende Blaugrün, wenn sich der Bug hob und dann krachend in die Wellen stürzte, die Gischt sein Gesicht peitschte, seine Augen brannten. Er spürte die Wärme des Vaters neben sich, spürte dessen raue Zuversicht wie eine Kraftquelle.*

*Mit Jubel begrüßte er die Fische, die sich in den Netzen fingen, mit zappelnden Schwänzen und silbrigem Glanz – wissend, dass dieser Fang seine Familie und das Dorf tagelang ernähren würde. Dieses Gefühl erfüllte ihn mit Stolz.*

*Wenn seine Mutter frische Makrele über offenem Feuer briet und sie mit Steckrübe, Butter und Kohl servierte, verkündete er stolz: „Die hab ich gefangen!" Der Vater wuschelte ihm mit einer schwieligen Hand durchs salzverklebt-sandige Haar, setzte sich an den Kamin und rauchte seine Tonpfeife.*

*Doch das Leben war hart. Die Winter waren kalt, Stürme peitschten oft das Land, raubten den Fischern den Verdienst –*

und da waren noch die Piraten. Die Barbareskenpiraten von der nordafrikanischen Küste, genannt Korsaren.

Gemeinsam mit Kaperfahrern aus Holland und sogar England plünderten sie Küstenorte rund ums Mittelmeer und an den britischen Inseln. Cornwall gehörte zu ihren bevorzugten Zielen.

Ihre Beute waren Menschen – Männer, Frauen und Kinder –, verschleppt in die nordafrikanische Sklaverei. Bis zu sechzig ihrer Schiffe lagen vor der Küste, und sie schlugen zu, sobald die Fischer ausliefen. Sie enterten die Boote, nahmen die Männer gefangen und ließen die Boote treibend zurück.

Auch zu Lande schlugen sie zu, zerrten ganze Familien mit blanken Krummsäbeln aus ihren Häusern. Die Korsaren waren ebenso gefürchtet wie verachtet.

An einem Morgen, Henry war zehn Jahre alt, wachte sein Vater besonders früh auf – noch vor Sonnenaufgang – und verließ das Haus still, ohne den Jungen zu wecken. Henry fragte sich später oft, ob sein Vater geahnt hatte, dass an diesem Tag etwas nicht stimmte.

Thomas Trevelyan fuhr hinaus – und kehrte nie zurück.

Als die Dorfbewohner ihrem Tagwerk nachgingen, wurde die Anne's Hope treibend in der Mount's Bay entdeckt. Henry, der schreiend nach seinem Vater rief, watete voll bekleidet ins eiskalte Wasser und schwamm zur kleinen Schaluppe. Die Strömung zerrte an ihm, doch er ließ sich nicht aufhalten. Als er sich über die Bordwand zog, wusste er, was er finden würde.

*Der junge Henry schrie zum Himmel, schlug auf die Planken, bis seine Fäuste bluteten und wund waren.*

*Von diesem Tag an war er der Mann im Haus.*

# Chapter Five

# Theodore Penn

Aus der Nähe wirkte das Werftgelände auf Abby noch überwältigender. Das Geklapper, Gehämme, Gesäge und Geschrei, das in ihren Ohren dröhnte; die Gerüche nach Salz, Teer und Holz; die ständige Bewegung der gewaltigen Arbeiterschar... Die schiere Größe von allem, ein Angriff auf die Sinne.

Das massive Eichentor der Werft wurde von zwei Pförtnern bewacht. Beide trugen einen Krummsäbel und eine Steinschlosspistole im Gürtel und waren stattliche Kerle. Ihr stählerner Blick verriet, dass sie einem kleinen Gerangel nicht abgeneigt waren.

Der Kräftigere der beiden trat vor. „Halt! Wer seid ihr, und was wollt ihr hier?"

Jacob ergriff das Wort. „Ich bin Jacob Standish, dies ist Abigail Harcourt. Wir begehren Einlass in einer dringenden Angelegenheit, betreffend den Clerk of the Acts, Mr Samuel Pepys."

Der Pförtner warf seinem Kollegen einen misstrauischen Blick zu. „Heutzutage behauptet jeder, ein dringendes Anliegen zu haben. Könnt ihr eure Verbindung zu Mr Pepys belegen?"

„Das kann ich!", rief Jacob, vielleicht etwas zu eifrig, und zog einen versiegelten Umschlag aus seiner Umhängetasche. Nach den Schwierigkeiten mit den Behörden in Brampton hatten er und Pepys für genau solchen Moment vorgesorgt.

Der Pförtner nahm den Umschlag, prüfte das Wachssiegel, nickte und brach ihn auf. Nachdem er den Inhalt gelesen hatte, reichte er ihn seinem Kollegen.

„Bringt sie zum Master Shipwright", befahl der zweite Pförtner. „Mr Penn hat das letzte Wort."

Abby und Jacob wurden an langen, schmalen rechteckigen Becken vorbeigeführt, in denen ganze Baumstämme trieben, etwa einen Meter dick und entrindet.

Der Pförtner, der allmählich weniger misstrauisch wirkte, kam Abby zuvor. „Die Mastdocks. Wenn die Kiefernmasten nicht im Wasser lagern, verlieren sie ihren Harz und trocknen aus."

„Besten Dank", sagte Abby.

Bald standen sie unter dem mastlosen Rumpf eines Galeons, das sie vom Fluss aus gesehen hatten und das im Trockendock lag. Aus der Nähe, vom gewaltigen

Schiffsrumpf überragt, war es ein ehrfurchtgebietender Anblick.

Ein bedeutendes Kriegsschiff, mit drei Decks und Dutzenden Schießluken für die Kanonen. Riesige Holzbohlen lagen in der Nähe, daneben Fässer mit Teer zur Abdichtung und aufgetürmte, dicke Seile für das Tauwerk. Männer wimmelten über das Holzgerüst und den Schiffskörper wie Ameisen, sie hämmerten, sägten, strichen, teerten.

So gebannt betrachteten die Inquisitoren das Schauspiel, die Hälse in den Nacken gelegt, dass sie nicht bemerkten, wie sich ihrer kleinen Gruppe eine neue Gestalt angeschlossen hatte.

„Die Loyal London", sagte der Neuankömmling und fesselte damit sogleich ihre Aufmerksamkeit. „Hundertsiebenundzwanzig Fuß lang, zweiundvierzig Fuß Breite, achtzig Kanonen. Ein Second-Rate-Linienschiff..." Er hielt inne und sah Jacob an. „Kennen wir uns, Sir?"

Jacob erstarrte. Er kannte diesen Mann mit der langen Lederchürze und der krummen Nase, die an einen Raben erinnerte, ganz gewiss. Es war Theodore Penn, Deptfords Master Shipwright, der alles auf der Königlichen Werft überwachte, vom Entwurf der Kriegsschiffe bis zur Lagerausgabe und dem Werftdienst. Penn entstammte einer angesehenen Familie von Schiffbaumeistern und genoss das Vertrauen seiner Männer.

Jacob war Penn einst begegnet, als er noch als Lehrling beim Proviantamt in der Werft zu Woolwich arbeitete. Er nahm den Hut ab und verbeugte sich. „In der Tat, Sir, mein Name ist Jacob Standish. Ich war einst Lehrjunge bei der Marineproviantierung in Woolwich."

Penn schlug sich auf den Schenkel. „Jacob Standish! Der einst eine Fregatte mit kaum einem Fingerhut Bier pro Mann ins Gefecht schickte!"

Verlegen drehte Jacob seinen Hut in den Händen. „Sir... das tat ich..."

Abby trat vor. „Mr Penn, die Loyal London ist ein wahrhaft prachtvolles Schiff, Sir."

Penn ergriff leicht die Finger ihrer rechten Hand. „Und wer, so sagt mir, ist diese bezaubernde Dame?"

Abby war nie zuvor als „Dame" bezeichnet worden. *Dieses Kleid, das mein Herr für mich gekauft hat, wirkt offenbar Wunder*, dachte sie.

„Abigail Harcourt", erwiderte sie mit gesittetem Tonfall und verneigte sich.

„Oh! Wie reizend!", rief Penn, zog ein Taschentuch hervor und tupfte sich die lange Nase.

Als sie ihre Hand zurückzog, bemerkte Abby Speichel in den Mundwinkeln des Mannes.

„Sir, wir kommen im Auftrag von Mr Samuel Pepys", sagte sie. „Es geht um die ernste Angelegenheit des Pestdoktors von Deptford."

Penns ausgelassene Miene verschwand. „Ihr?", fragte er und musterte sie verwundert. „Ihr sollt den mörderischen Pestdoktor von Deptford untersuchen?"

Nun meldete sich Jacob zu Wort. „Sir, wir dienen als Mr Pepys' persönliche Inquisitoren. Ich halte hier ein Schreiben, das von seiner Hand unterzeichnet ist."

Penn prüfte das Schreiben und reichte es zurück. „Eine wahrhaft bemerkenswerte Wendung. Nun gut", sagte er. „Mr Pepys ist ein Herr von unfehlbarem Urteilsvermögen, daher will ich seiner Einschätzung vertrauen. Niemand soll euren Weg auf meiner Werft behindern. Und wie, sagt mir, wollt ihr diesen niederträchtigen Scharlatan und Mörder entlarven?"

„Ihr glaubt, es handle sich nicht um einen wahren Arzt, Sir?", fragte Abby.

Penn sah sie fragend an. „Ein wahrer Arzt ist dem Leben verpflichtet, nicht dem Tod!"

Abby wollte gerade erwidern, als Penn fortfuhr: „Und ich sagte auch nicht, dass der Pestdoktor ein Mann sei."

Die Inquisitoren tauschten einen Blick.

„Ich möchte niemanden zu Unrecht verdächtigen, doch…", Penn machte eine Pause, „…ich rate euch, euch mit den Fakten vertraut zu machen."

„Welche wären das, Sir?", fragte Jacob.

„Dass die Werft zu Deptford während der Pest nur einen Pestdoktor hatte, dessen Qualifikation für diese

Aufgabe gleich null war. Die betreffende Person heißt Lydia Mercer, Inhaberin eines Schiffsausrüsterbetriebs."

Penn erklärte, dass Mercer ihre gesamte Familie – Ehemann und drei Söhne – durch die Pest verloren hatte, kurz nachdem sie im Juli des Vorjahres Deptford erreicht hatte. Von Schuldgefühlen und Trauer gezeichnet, wurde sie besessen vom Gedanken, andere retten zu müssen. Sie gründete die Wohltätigkeit Mercers Hilfswerk für die Leidenden, finanziert aus dem einst florierenden Schiffsausrüsterbetrieb ihres Mannes, den sie übernommen hatte.

Zunächst fand ihr Einsatz große Anerkennung in der gebrochenen Gemeinde. Bis sie, so Penn, begann, sich als Pestdoktor zu verkleiden, in einem Kostüm, das sie für ein geplantes Museum angeschafft hatte. Als Mercer sodann begann, Erkrankte in ihren Heimen zu behandeln – als strebe sie selbst den Tod an – waren sich viele einig: Sie war zur gefährlichen Schwindlerin geworden.

„Ihr verdächtigt diese Lydia Mercer, Humphrey Wilkes ermordet zu haben, Sir?", fragte Abby.

Jacob platzte dazwischen. „Eine Frau würde nicht die Kraft aufbringen, einen Mann zu töten!"

„Er wurde zwischen den Augen erschossen", erinnerte ihn Abby. „Doch der Pestdoktor wurde beim Verlassen von Wilkes' Haus gesehen. Hätte man nicht bemerkt, wenn es eine Frau gewesen wäre?"

Der Master Shipwright widersprach. Der schwarze Kittel des Pestdoktors verberge von Kopf bis Fuß die Gestalt, und man habe die Figur stets nur bei Nacht gesehen.

„Wir werden diese Lydia Mercer befragen", sagte Jacob und strich sich nachdenklich übers Kinn.

„Ihr solltet auch Kitty Blake befragen", fügte Penn hinzu, „eine Bewohnerin des Gasthauses The Ship Inn."

Abby neigte fragend den Kopf. „Ihr verdächtigt auch diese Frau?"

Penn nickte entschieden.

„Warum, Sir?"

Penn hustete leicht. „Die Frau stammt aus Tanger", sagte er, „und es gibt zu viele Geschichten über ihre dunkle Vergangenheit."

# Chapter Six

# Robert Drake

Als der Pförtner am Haupttor zu seinem Posten zurückkehrte, ließ Penn einen Werftarbeiter holen, der die Inquisitoren zum Haus von Pepys' Freund Robert Drake führen sollte. Ob der Master Shipwright ihnen den Weg zeigen lassen oder sie im Auge behalten wollte, konnten sie nicht entscheiden.

Sie bogen nach links ab und gingen parallel zur Themse auf einer breiten Straße, die weitaus größer war als die in der City, gesäumt von Arbeiterhäusern auf beiden Seiten. Ihr Begleiter zeigte hinter den Häusern zu ihrer Rechten eine Grasfläche, die er als Deptford Strond bezeichnete. Bis 1618, erklärte er, habe sich dort das ursprüngliche Trinity House befunden, die unter Heinrich VIII gegründete Institution zur Förderung der Sicherheit zur See. Trinity House habe 1609 den ersten Leuchtturm in Lowestoft, Suffolk, erbaut, beleuchtet mit Kerzen.

Jacob interessierte sich weit mehr für den Pestdoktor als für Leuchttürme, was er dem Mann auch mitteilte. Als ihr

Begleiter darüber verärgert war, entschuldigte sich Jacob zwar, doch der Schaden war angerichtet, und sie erfuhren keine weiteren Seegeschichten.

Abby wunderte sich, dass der Master Shipwright zwei Frauen als Hauptverdächtige genannt hatte, wo Mord doch meist von Männern begangen wurde. Jacob, der sich leichter von Autorität beeindrucken ließ, meinte, man solle sich alle Möglichkeiten offenhalten.

Der Begleiter ließ sie vor einem zweistöckigen Steinhaus am südlichen Rand des Stronds stehen und stampfte ohne ein Wort davon. Die Tür war frisch rot gestrichen; unter dem neuen Anstrich konnte man noch schwach die großen Worte „GOTT HABE ER-BARMEN MIT IHM" und die Form eines Kreuzes erkennen. Abby fröstelte bei dem Gedanken, dass der Pestdoktor genau an dieser Stelle gestanden hatte, um die Worte anzubringen.

Ihre Ermittlungen waren real geworden.

Eine Frau öffnete die Tür und stellte sich als Nora Drake, Roberts Ehefrau, vor. Als die Inquisitoren erklärten, wer sie waren, bat sie sie sogleich herein.

Drinnen war es warm und gemütlich, mit gepolsterten Möbeln und Wandteppichen mit maritimen Motiven sowie einem prasselnden Feuer. Die brennenden Holzscheite knackten, und eine verzierte Uhr auf dem

Kaminsims tickte leise. Die Wirkung war sofort beruhigend.

„Ein reizendes Heim", bemerkte Abby.

Nora Drake lächelte. Sie trug ein marineblaues Kleid mit einer weißen Schürze um die Taille. Zierlich – ungefähr Abbys Größe – und knochig, wirkten ihre feinen Züge wie aus einer anderen Welt. Sie sah aus, als könnte sie bei starkem Wind zerbrechen.

„Ich war gerade dabei, Kaffee zu machen", sagte Nora. „Möchtet ihr eine Tasse?"

Abby erstarrte. „Das Getränk ruft mir schlechte Erinnerungen wach", sagte sie leise.

Jacob blickte sie an. „Welche schlechten Erinnerungen, bittschön?"

Sie winkte ab. „Ach, es war nichts. Mr Pepys führte mich in ein Coffee House, wo man mir den Zutritt verweigerte."

„Welches Coffee House?", fragte Jacob.

Abby ignorierte ihn. Nachdem sie in Brampton erstmals Tee probiert hatte, wollte sie sich die Gelegenheit nicht entgehen lassen, endlich auch das Modegetränk Londons zu kosten. „Ja, Mistress Drake, ich nehme gerne eine Tasse, wenn Ihr erlaubt", sagte sie.

Jacob, aus wohlhabendem Hause, hatte schon Coffee Houses besucht und das Getränk für recht unangenehm befunden, doch er tat so, als möge er es, um modisch zu erscheinen.

Während Nora das heiße Wasser über die gerösteten Bohnen in einer großen Kanne gießen und diese über dem Feuer hängen ließ, durchdrang das unverwechselbare Aroma den Raum. „Ein Vorzug von Roberts Arbeit", erklärte sie. „Das Leben an diesem lärmenden Hafen bringt auch Nutzen."

„Wo ist Euer Gemahl?", fragte Abby.

In dem Moment flog die Tür auf und ein atemloser Robert Drake erschien.

„Ich hörte, ihr seid hier", sagte er keuchend. „Ich hatte Mr Pepys ausdrücklich gebeten, euch nicht zu belästigen."

Nora eilte zu ihm. „Aber Robert, diese guten Leute sind hier, um dir zu helfen."

Drake fasste sich wieder und schloss die Tür. „Die eine ist kaum eine Frau, der andere..." Er musterte Jacobs erwartungsvolles Gesicht. „Er hat Format, gewiss, doch wirkt er noch grün."

Jacob richtete nervös seine Perücke, Abby sprang empört auf. „Mr Drake, wir sind Mr Pepys'..."

Robert fiel ihr ungläubig ins Wort. „Ihr seid Mr Pepys' Magd?"

Abby verfluchte sich dafür, Pepys als ihren Herrn bezeichnet zu haben; diesen Fehler würde sie kein zweites Mal machen.

Gerade als die Vorstellung ihren Tiefpunkt erreichte, schritt Nora ein. „Robert, dies sind Mr Pepys' persönliche

Inquisitoren. Wie du weißt, ist er ein Mann mit gutem Urteilsvermögen…“

„Ich kenne Mr Pepys’ Urteilsvermögen wohl“, unterbrach Robert. „Ich schätze ihn als Freund wie auch als Kollegen, doch ich will ihm keine Last sein. Ich habe ihn schon um zu viele Gefallen gebeten.“

„Aber…“, begann Nora.

„Aber nichts! Ich kann mich selbst verteidigen, Weib!“

Obwohl er auffallend klein war, hatte Robert Drake in seinem eleganten Aufzug mit Spitze, Samt und Rüschen eine eindrucksvolle Erscheinung. Seine Haut war vom Leben auf See gegerbt und gerötet, und seine tief liegenden dunklen Augen hatten den Blick eines Mannes, der die Gefahr suchte.

Er warf einen Blick auf die Uhr auf dem Kaminsims, die zwanzig Minuten vor eins anzeigte. „Ich muss zurück an die Arbeit, sonst gibt es Härte“, sagte er und wandte sich zum Gehen.

Nora eilte zu ihm und hielt ihn zurück. „Bitte, Robert, wenn nicht deinetwegen, dann mir zuliebe: Lass dir helfen, ich bitte dich!“

Robert sah erst Jacob, dann Abby an: der eine hoffnungsvoll wie ein Kind, die andere beinah bockig. Er lachte und küsste seine Frau. „Wenn es dich erfreut, mein Liebling, so will ich es zulassen.“

So blieb Robert noch eine Weile. Die Inquisitoren erfuhren, dass vor einigen Tagen das Kreuz samt Spruch an der Haustür der Drakes angebracht worden war – dieselbe Warnung, die zwei Wochen zuvor an der Tür des Midshipman Humphrey Wilkes aufgetaucht war. Fünf Tage danach war Wilkes um Mitternacht mit einem Schuss zwischen die Augen getötet worden. Der Pestdoktor war beim Weggehen gesehen worden.

„Fürchtet Ihr nicht um euer Leben?", fragte Jacob.

Seine Frau antwortete an seiner Stelle. „Er ist zu stolz, es zuzugeben. Und wenn er es tatsächlich nicht tut, so fürchte ich für ihn."

Der Kaffee war fertig, und Nora begann, ihn in vier Steinguttassen zu gießen.

Robert hielt sie auf. „Ich wünsche keinen Kaffee. Meine Zeit ist kostbar."

„Dann wollen wir uns kurz fassen, Mr Drake", sagte Jacob. „Nur Ihr und der unglückliche Mr Wilkes hatten solch ein Kreuz an der Tür, korrekt?"

Drake nickte.

„Dann frage ich mich, was euch verbindet?", Jacob fuhr fort. „Warum wählte der Pestdoktor gerade euch?" Er bemerkte, wie Abby ihn stolz ansah. *Meine Inquisitorenkunst macht Fortschritte!*, dachte er.

„Wünscht ihr Zucker?", fragte Nora, nachdem sie drei Tassen eingeschenkt hatte.

*Kaffee und Zucker an einem Tag!*, dachte Abby. „Ihr habt ein wahrlich begünstigtes Leben, Mr Drake", sagte sie.

„Mein Mann wird vom Navy Board sehr geschätzt", antwortete seine Frau, „und für seine Mühen gut entlohnt. Er erhielt erst letzten Monat eine Gehaltserhöhung, nicht wahr, Robert?"

Drake schoss ihr einen zornigen Blick zu. „Das ist meine Sache", sagte er.

„Zweifellos verdient er mehr als ich je als Zahlmeister", platzte es aus Jacob heraus, was er sogleich bereute.

„Ihr wart Zahlmeister?", fragte Robert.

Jacob stöhnte leise. „Lehrling."

Drake hob eine Braue. „Und nun jagt Ihr mordende Pestdoktoren. Ein sonderbarer Kerl seid Ihr."

Bevor er ging, kehrte Robert auf Jacobs Frage zurück, was ihn mit Humphrey Wilkes verband. Sie hatten gemeinsam auf zahlreichen Schiffen gedient, das sei alles, was ihm einfalle. Ansonsten wisse er nichts.

Nora warf ein: „Erinnere dich auch, Robert, ihr habt gemeinsam als Wächter während der Pest gedient."

Ihr Mann fuhr sie an. „Schon wieder erzählst du Fremden meine Angelegenheiten!", knurrte er und fuhr ruckartig hoch. „Das war eine dunkle Zeit, die ich vergessen möchte, und erst recht nicht mit Fremden bespreche."

Damit war er fort, schlug die Tür hinter sich zu.

Das Feuer prasselte, die Uhr tickte, und die drei Zurückgebliebenen betrachteten ihre Kaffeetassen. Abby fand das seltsame Getränk ausgesprochen ungenießbar, doch sie fühlte sich verpflichtet, es auszutrinken.

„Erzählt uns von den Wächtern", bat sie.

Nora zögerte nur kurz, bevor sie zu erzählen begann.

Als die Todeszahlen in der Hochphase der Pest von Sommer 1665 bis zum Frühjahr dieses Jahres rapide anstiegen, habe der Alderman von Deptford drastische Maßnahmen ergriffen, berichtete sie. Wer infiziert war, wurde mit seiner ganzen Familie im Haus eingesperrt, da alle als Gefahr galten, selbst wenn sie keine Symptome zeigten.

Nur wenige überlebten. Um sicherzustellen, dass niemand zu fliehen versuchte, und um das Leid der Eingeschlossenen zu lindern, wurden Wächter an ihre Türen gestellt, einer für den Tag, ein anderer für die Nacht. Sie sollten das Verlassen des Hauses verhindern und zugleich für Nahrung, Wasser und andere Bedarfe sorgen.

Da immer mehr Menschen starben, kamen Handel und Schifffahrt zum Erliegen, das Werftleben in Deptford stand still. Geld wurde knapp, und Robert sah sich gezwungen, Arbeit als Wächter anzunehmen – gemeinsam mit seinem guten Freund Humphrey Wilkes.

Abby trank den letzten Schluck, verschluckte sich an Kaffeesatz und begann zu husten. Jacob klopfte ihr auf den Rücken und fragte gleichzeitig Nora: „Machten sie sich in jener Zeit Feinde?"

Leider klopfte er so heftig, dass Abbys Tasse aus der Hand flog und im Schoß der Gastgeberin landete.

„Ich weiß es nicht", erwiderte Nora, winkte Jacobs Entschuldigungen ab und wischte den Kaffeesatz von ihrer Schürze. „Robert teilt seine Sorgen nicht. Doch möglich wär's. Die armen Seelen in diesen Häusern konnten kaum..." Sie brach ab, dann hellte sich ihr Gesicht auf. „Nein, wartet! Da war jemand. Jemand, der Gerüchte über Robert und Humphrey verbreitete – dass sie die Toten bestahlen und aus dem Elend Profit schlugen."

Abby, noch immer hustend, keuchte: „Wer war das?"

„Keine er", antwortete Nora. „Lydia Mercer war's. Um den Verdacht von sich zu lenken, denn in Wahrheit war sie es, die von den Toten stahl. Um ihr grausiges Pestmuseum zu füllen."

# Chapter Seven

# Konfrontation

Bevor sie aufbrachen, baten die Inquisitoren Nora um eine Wegbeschreibung zu einem Gasthaus, in dem sie übernachten konnten. Sie waren außerdem hungrig. Drakes Frau schickte sie zum Gasthaus The Ship, gegenüber der königlichen Werft, wo sich die Matrosen und Werftarbeiter nach Feierabend trafen. Der ideale Ort, um Fragen zu stellen, sagte sie ihnen.

Abby und Jacob gingen den Weg zurück und besprachen den Fall. Am auffälligsten war, darin waren sie sich einig, die abermalige Erwähnung von Lydia Mercer. Der Master Shipwright hatte sie als Verdächtige genannt, nun auch Nora Drake. Zwei von zwei. Das schien bedeutsam.

„Glaubst du wirklich, der Pestdoktor könnte eine Frau sein?", fragte Abby.

Jacob dachte einen Moment nach. „Ich hielte es für höchst unwahrscheinlich. Welche Frau besäße die List – oder gar solche Bosheit –, zum Mord zu greifen?"

„Ich besitze eine solche List", entgegnete Abby trocken.

Bevor er mit ihr gearbeitet hatte, hätte er über den Gedanken gelacht. Eine Frau, noch dazu ein Dienstmädchen – mit Verstand gesegnet? Undenkbar! Aber natürlich hatte er mit ihr gearbeitet und gesehen, wozu sie fähig war. Wenn er ehrlich war, fand er ihre Fähigkeiten verblüffend.

Sie stupste ihn an. „Woran denkst du?"

„An nichts", entgegnete er.

Sie hatten die königliche Werft erreicht – die Trockendocks, in denen die beiden bemalten Galeonen lagen, die sie vom Fluss aus gesehen hatten. Dahinter stand das große Lagerhaus. Aus dieser Nähe wirkte es noch gewaltiger, mit einer überdachten Vorhalle an einer Seite, deren schräges Dach vermuten ließ, dass hier bei jedem Wetter be- und entladen werden konnte.

Nora Drake hatte ihnen gesagt, sie sollten rechts abbiegen, sobald sie die Werft sähen. Als sie das taten, fiel Jacob etwas ins Auge. Am fernen Ende eines der Trockendocks, beim Fluss ... „Ist das nicht Mr Drake?", fragte er Abby.

Sie drehte sich um und blinzelte. „Ja", sagte sie. „Ich glaube, das ist er."

Die Inquisitoren sahen zu, wie Drake sich mit einem anderen Mann unterhielt, als plötzlich eine dritte Gestalt, schwarz gekleidet, aus einer Gasse rechts hervortrat. Obwohl sie wohl 150 Yards entfernt war, konnte man ein langes Gewand erkennen, das bis zum Boden reichte, eine Maske, die den ganzen Kopf bedeckte, einen Hut … und einen langen, spitzen Schnabel.

„Der Pestdoktor!", riefen Abby und Jacob wie aus einem Mund und rannten los.

Drake und sein Begleiter standen mit dem Rücken zum Pestdoktor, und die Männer auf den Schiffen waren zu sehr mit ihrer Arbeit beschäftigt, um etwas zu bemerken.

Jacobs lange Beine trugen ihn rasch davon, während Abby durch ihr langes Kleid am Laufen gehindert wurde.

„Lauf vor!", rief sie ihm hinterher, da sie wusste, dass Konfrontation eher sein Metier war.

Jacob sprintete los, das Herz hämmernd, und sah, wie der Pestdoktor eine Steinschlosspistole hob und auf Drake zielte. In genau diesem Moment, wie auf ein Stichwort in einer tragischen Szene, drehte sich Drake um.

„Mr Drake!", rief Jacob warnend.

Entsetzen breitete sich auf Drakes Gesicht aus, als sein Blick erst Jacob, dann den Pestdoktor traf.

Der Pestdoktor, aufgeschreckt von Jacobs Ruf, wandte sich um und sah den heranstürmenden Inquisitor. In Panik richtete er die Pistole neu aus, gerade als Drake sich duckte, um dem Schuss zu entgehen.

Flammen und Rauch schossen aus der Waffe, ein Knall hallte über das Dock.

„Nein!", rief Jacob, als Drakes Begleiter sich an die Brust griff und über die Kaimauer stürzte. Abgelenkt stolperte der Inquisitor, prallte gegen einen Holzpfeiler und stürzte auf das Pflaster.

Trotz des allgemeinen Lärms hatten einige Werftarbeiter den Schuss gehört. Einige kletterten von den Gerüsten herunter, um nachzusehen, während der Pestdoktor in Richtung einer Häusergruppe entkam.

Abby war dem Täter nun am nächsten. Da spürte sie es: Angst. Reine, unverfälschte Angst. Wie ein kalter Hauch lief sie ihr den Rücken hinunter und ließ sie erstarren.

„Lydia?", rief sie.

Der Pestdoktor blieb stehen und wandte sich um – und stolperte dabei mit dem Absatz über eine herumliegende Kette. Er schlug gegen eine Mauer, hielt sich schmerzverzerrt den Ellbogen, und rannte weiter, verschwand zwischen den Gebäuden.

Drei Werftarbeiter kamen bei Abby an, die keuchend mit den Händen auf den Knien dastand und ihre Feigheit verfluchte.

„Seid Ihr verletzt?", fragte einer.

„Nein, mir geht's gut", antwortete sie heiser. „Ich sorge mich mehr um meinen Gefährten", fügte sie hinzu und deutete auf Jacobs reglose Gestalt.

Robert Drake erschien. Sein Gesicht war weiß, seine Augen glasig. „Er ... er wollte mich töten", sagte er. „Der

Pestdoktor." Dann rannte er in Richtung seines Hauses davon.

Jacob kam wieder zu sich und konnte, begleitet von einem Werftarbeiter, zum nahegelegenen Naval Hospital humpeln, obwohl Blut aus einer tiefen Wunde an seinem Haaransatz strömte. Seine Perücke hatte ihn zufällig vor Schlimmerem bewahrt.

Abby hatte angeboten, ihn zu begleiten, doch er hatte darauf bestanden, dass sie blieb, um alles zu untersuchen. Noch immer erschüttert von ihrer Reaktion auf den Pestdoktor war sie dankbar, in ihren Fähigkeiten erkannt zu werden.

Sie ging zum Flussufer, stellte sich auf den Holzsteg und blickte über die Kante. Die Ebbe hatte eingesetzt, Männer standen knietief im Schlamm der Themse und befestigten ein Seil an der leblosen Leiche des Opfers.

Andere sammelten sich um Abby, das Gerücht über die Tat hatte sich rasch verbreitet. Man murmelte, aber die Stimmung war nicht so bedrückt, wie sie erwartet hätte.

Vier Werftarbeiter zogen an dem Seil, bis der tote Mann zu Abbys Füßen lag. Sein langes, silbernes Haar breitete sich auf den Planken aus, seine Kleidung – ein seidener, langer Wams und ein grün-goldener Gehrock, wie ihn ein Mann von Stand trüge – war durchnässt. Ein Loch im Hemd zeugte von der Bleikugel, die ihn getroffen hatte.

Das Gesicht des Toten würde sie nie vergessen. Seine Augen starrten ins Leere, sein Mund war aufgerissen, als habe er einen Dämon gesehen.

Als Abby sich abwandte, hörte sie ein Kichern. „Wird auch Zeit", sagte jemand.

„Wer ist das?", fragte sie einen Umstehenden.

„Das ist der alte Joe Catchpole", kam die Antwort. „Zollinspektor."

Jemand durchsuchte Catchpoles Taschen. Ein große Taschenuhr mit königlichem Wappen und angehaltenen Zeigern – fünf nach eins –, dazu eine kleine Holzschachtel kamen zum Vorschein.

„Darf ich sehen?", fragte Abby.

Das Gemurmel verstummte. Plötzlich war sie, nicht die Leiche, der Mittelpunkt.

Sie spürte die Blicke der Männer um sich: misstrauisch, musternd. Bärte und faule Zähne, Halstücher und wettergegerbte Haut.

„Wie war noch gleich Euer Name?", fragte der, der Catchpole erkannt hatte. Er beugte sich nah heran, sein Atem roch nach Rum.

„Ich arbeite für Mr Samuel Pepys", sagte sie so bestimmt, wie sie konnte, ohne ihn als ‚Meister' zu bezeichnen.

Instinktiv traten alle einen Schritt zurück. Pepys besuchte regelmäßig die königliche Werft, als Clerk of the Acts, und hatte die Macht zu entlassen.

Doch das Misstrauen blieb.

„Er hat mich beauftragt, die Pestdoktor-Morde zu untersuchen", fügte Abby hinzu.

Betretenes Schweigen. Dann lachte einer, dann noch einer, bis sie von schallendem Gelächter umgeben war. Einige bogen sich vor Lachen, Tränen liefen über ölverschmierte Wangen. Abby konnte nur den Kopf schütteln.

„Zurück an die Arbeit! Das Schauspiel ist vorbei!", rief eine raue Stimme von hinten.

So schnell wie es gekommen war, verflog das Gelächter. Einer nach dem anderen zog von dannen, zurück zur harten Arbeit.

Etwas wurde ihr in die Hand gedrückt.

Es war die Holzschachtel aus Catchpoles Tasche.

Darin fand sie ein Kartenspiel, das dank der Schachtel trocken geblieben war. Als sie die Karten auffächerte, fiel ihr sofort auf: Es gab zwei Pik-Asse.

# Chapter Eight

# Der Sturm

Seit sein Vater fort war – höchstwahrscheinlich in die nordafrikanische Sklaverei verkauft – übernahm der junge Henry Trevelyan das Ruder im Haus. Seine Mutter, Anne, versank in eine tiefe Trauer, aus der sie nie wirklich wieder auftauchte. Zwar verrichtete sie ihre täglichen Aufgaben gewissenhaft und blieb die angesehenste Hebamme in Mousehole, doch sie erzählte keine Geschichten mehr, und die Riesen schliefen ein.

Ihre Augen wurden leer, ihre Sprache schleppend.

Anders als seine Mutter packte Henry seinen Kummer weg und schlug den Deckel fest zu. Die neuen Pflichten beflügelten ihn, und in seinen Augen brannte ein heiliger Eifer. Nur nachts kamen seine Dämonen – wenn draußen die Wellen gegen die Hafenmauer schlugen und er schlaflos auf seiner mit Stroh gefüllten Matratze lag.

Der alte Fischer Peck wurde in Thomas' Abwesenheit zur Vaterfigur, setzte Henrys Ausbildung fort und stärkte seine Bande zu den Ältesten des Ortes. Nicht immer war diese

Einmischung willkommen. Mit wachsendem Alter und Selbstvertrauen wurde Henry ungeduldiger und zeigte Anflüge von Zorn. Peck, der weise alte Mann, wusste besser, als darauf einzugehen.

Bald stieg Henry in der Pilchard-Saison vom Huer zum Fischer auf, half beim Rudern eines der Stellnetze-Boote und schloss mit dem riesigen Netz die Schwärme ein.

Er wuchs schnell – war mit dreizehn bereits sechs Fuß groß, breitschultrig und kräftig von der körperlichen Arbeit. In seinem Ölzeug, mit dem roten Leinenhalstuch seines Vaters um den Hals, dem festen Kinn und den grünen Augen ähnelte er Thomas.

Wenn er Pecks Proteste ignorierte und seine Grenzen überschritt, selbst bei Sturmwarnung in See stach, konnte seine Mutter nur in Qual zusehen. Obwohl sie ihn anflehte, es nicht zu tun, und ihn tollkühn nannte, wischte er sie beiseite.

„Ich fische, wann ich will", sagte er. „Und du hältst mich nicht auf."

Ihr war klar: Ihr Mann wäre nie so leichtsinnig gewesen.

Eines Morgens stand Anne am Ende des Piers, jenseits der Hafenmauer, und starrte aufs Meer hinaus. Kohlschwarze Wolken hatten den Tag zur Nacht gemacht. Elektrische Lichtfinger zuckten über den Himmel und erhellten für einen Moment die Szenerie vor ihr. Die Wellen rollten gewaltig heran, weißschaumig und unheilvoll schaukelnd, während der himmlische Wolkenbruch niederging.

*Annes Leinenrock und Schürze waren durchnässt. Der waagerechte Regen peitschte ihr ins Gesicht, brannte auf der Haut und verbarg ihre Tränen. Irgendwo da draußen war ihr Sohn – unsichtbar.*

*Peck hatte versucht, Henry vom Auslaufen abzuhalten – er wusste, dass der Sturm kam, Henry wusste es ebenso. Doch der Junge ließ sich nicht umstimmen. Es war zum Streit gekommen. Schließlich hatte Peck aufgegeben, war fluchend heimgegangen und hatte den Wahnsinn des Jungen verflucht.*

*„Henry!", rief sie verzweifelt, doch der Sturm schleuderte ihr den Ruf ins Gesicht zurück. „Henry!"*

*Sie konnte sich kaum selbst hören über dem Tosen des Meeres und dem Wahnsinn des Donners. Als eine Böe sie plötzlich von den Füßen hob und beinahe ins kochende Hafenbecken schleuderte, blieb Anne Trevelyan keine Wahl – sie musste ihre Wacht aufgeben und in die Sicherheit ihres Hauses zurückkehren.*

*Dort wartete bereits der Hafenmeister Robert Penrose auf sie. Der angesehenste Mann in Mousehole – noch mehr als Ratsherr oder Pfarrer – war Penrose weit mehr als nur Verwalter des Hafens; er war das schlagende Herz der Fischergemeinde. Sein Wort war Gesetz.*

*Anne warf sich ihm zu Füßen. „Bitte, Robert, rette meinen Sohn", flehte sie.*

*„Dein Henry ist sich selbst ein Feind", erwiderte er. „Wenn ich Männer ausschickte, ihn zu suchen – was ich nicht tun werde –, wäre er auch für sie eine Gefahr."*

Er fasste Anne bei den Schultern und half ihr auf. „Sieh dich an – halb ertrunken, Weib. Ein jämmerlicher Anblick, und alles die Schuld des Jungen. Er sollte sich schämen."

Anne faltete die Hände und spürte die durchnässten Runzeln an ihren Fingerspitzen. „Bitte gib ihm nicht die Schuld, Robert. Er hat seinen Vater verloren ..."

Der alte Mann runzelte die Stirn, seine lederne Haut ein Netz aus Falten. „Ich kenne die Geschichte nur zu gut, Anne", fiel er ihr, wenn auch sanft, ins Wort. „Thomas Trevelyan fehlt uns allen. Ein tüchtiger Fischer und guter Ehemann war er. Wäre ich an jenem Tag bei ihm gewesen – wir hätten den Korsaren gezeigt, was ein Cornishman wert ist." Er ließ die Schultern sinken. „Doch das entschuldigt das Verhalten deines Jungen nicht ..."

Die Tür flog mit solcher Wucht auf, dass sie gegen die Wand krachte. In diesem Moment zuckte ein Blitz, und in der Tür stand eine gekrümmte, zerzauste Gestalt.

„Mutter", kam die erschöpfte Stimme.

Anne Trevelyan fiel in Ohnmacht. Der Hafenmeister eilte zur Tür, um Henry hereinzuholen.

Der junge Mann stieß ihn weg und sah Penrose direkt an. Seine rechte Wange war geschwollen, eine blutige Platzwunde zog sich darüber. „Ich brauche keine Hilfe", sagte er.

Humpelnd, eine Wasserlache hinterlassend, trat Henry ein, griff in seinen durchnässten Lederbeutel, der ihm über der Schulter hing, zog einen kleinen toten Fisch hervor und warf ihn Penrose vor die Füße. Der ließ ihn zu Boden fallen. „Der Fang des Tages", spottete Henry.

Der alte Mann seufzte nur.


Penrose wärmte Met in einem Topf, während Mutter und Sohn in trockener Kleidung schweigend am Feuer saßen. Henry hatte den Kopf gesenkt.

Der Hafenmeister reichte jedem von ihnen einen Becher. „Trinkt", sagte er.

„Ihr habt keinen Grund, mein Boot zu beschlagnahmen", sagte Henry. „Außerdem ist es so gut wie hinüber."

„Du solltest Gott danken, dass es dich heimgebracht hat, Henry Trevelyan. Ich nenn das ein Wunder", entgegnete Penrose. „Dein Vater hat dieses Boot gebaut …"

Henry sprang auf, griff sich ans Knie und sackte mit einem Schmerzensschrei wieder in den Sessel am Feuer. Instinktiv wollte seine Mutter die Wunde untersuchen.

„Lass mich in Ruh, Weib!" fuhr er sie an.

Penrose schlug ihm auf die blutige Wange. „Hast du keinen Respekt?", knurrte er. „Deine Mutter rettet Leben. Du bringst sie nur in Gefahr."

Henry schwieg – er wusste, es stimmte. Er stand auf, humpelte schwer zur Tür, öffnete sie und trat hinaus in den Sturm, beobachtet von Mutter und altem Mann.

„Ich geh zu Peck", sagte er.

„Dort wirst du keinen Trost finden, Henry", sagte Penrose mit fester Stimme. „Auch Peck hat sich von dir abgewandt."

# Chapter Nine

# The Ship

Abby traf Jacob wieder im Gasthaus The Ship. Er trug einen breiten Verband um die Stirn, was ihn, wie Abby fand, ausgesprochen schmuck aussehen ließ. Außerdem verbarg der Verband seine übermäßig buschigen Augenbrauen.

Er klagte über fürchterliche Kopfschmerzen, versicherte ihr aber, er sei sonst unversehrt aus der Tortur hervorgegangen. Neugierig lauschte er, was sie inzwischen herausgefunden hatte.

The Ship, drei Stockwerke hoch, bot im obersten Stockwerk schlichte Schlafkammern und auf den anderen beiden Etagen Speis' und Trank. Wie die Inquisitoren sogleich feststellten, war das Erdgeschoss der lärmende Mittelpunkt.

Als Abby eintrat und Jacob am Kaminfeuer an einem Tisch entdeckte, schon vertieft in einen Teller Rindfleisch-Eintopf, brach gerade ein Streit zwischen zwei

Matrosen aus. Die übrigen Gäste – und es waren viele zur Abendstunde – drängten sich johlend um die Kämpfenden, stampften mit den Füßen und feuerten die Kontrahenten an.

Der Streit wurde jedoch nicht vom kräftigen Mann hinter dem Tresen – den Abby für den Wirt hielt – beendet, sondern von einer exotisch wirkenden Frau in den mittleren Dreißigern, deren Haut die Farbe von Bernstein hatte.

Kaum stand sie plötzlich, wie aus dem Nichts, inmitten des Getümmels, da teilte sich die Menge und kehrte gemurmelnd an ihre Tische zurück. Die betrunkenen Raufbolde klopften sich den Staub ab und murmelten Entschuldigungen. Einer stürzte sich noch in einem Überschwang der Gefühle auf die Frau, um sie zu küssen; sie wich elegant zur Seite, und er landete der Länge nach auf dem Boden – was allgemeines Gelächter und Spott hervorrief.

So geisterhaft, wie sie gekommen war, verschwand sie wieder.

„Ich wette, das war Kitty Blake", raunte Jacob Abby zu, wobei er auf die Bewohnerin des Schiffs anspielte, die der Master Shipwright verdächtigt hatte. „Sie gleicht keiner Mörderin, wenn Ihr mich fragt."

„Mr Standish, seid Ihr etwa hingerissen?", neckte sie. Er prustete und fand keine Antwort.

Abby griff über den Tisch, schnappte sich ein Stück von Jacobs Brot. „Keine Sorge, ich scherzte nur", sagte sie kauend, dann, nachdem sie geschluckt hatte, nachdenklich: „Doch unbestreitbar übt sie einen Zauber auf die Männer aus."

„Meint Ihr, sie könne einen Mann derart bezaubern, dass er für sie mordet?"

„Nur ein Narr spekuliert, Jacob."

Nachdem Abby ihm ihre Erkenntnisse vom Hafen geschildert hatte, zeigte sie ihm das Kartendeck in der Schachtel, das sie in Joseph Catchpoles Tasche gefunden hatte. Er fächerte die Karten auf dem Tisch aus und bemerkte dasselbe wie sie: zwei Pik-Asse.

„Ein Schummler-Deck", sagte er.

Als er die Karten umdrehte, sah er, dass alle mit dem Namen eines Gasthauses versehen waren: The Ship. Wie auf ein geheimes Zeichen blickten sie beide gleichzeitig zum Wirt.

„Meint Ihr, er duldet Glücksspiel?", fragte Jacob.

„Kommt", sagte Abby und steuerte auf den Tresen zu. „Ich verhungere."

Der Wirt stellte sich freundlich genug als Arthur Hall vor. Er trug ein weißes Hemd mit weiten Ärmeln und eine lange braune Weste. Hinter ihm stapelten sich Fässer, Regale aus Holz und eine halb geöffnete Tür, durch die den Inquisitoren der Duft von Braten und Fisch entgegenschlug.

Der geräumige Schankraum roch nach Männern: An den Wänden hingen alte Musketen zwischen allerlei seemännischem Gerät, und die Decke war von dunklem Tabakrauch geschwärzt. Jeder einzelne Gast schien eine Pfeife zu rauchen.

Hall war von kräftiger Statur, mit einem kantigen Schädel, krummer Nase und Fäusten so groß wie Kanonenkugeln. Obwohl er schon Ende vierzig war, wirkte er mehr als fähig, sich jederzeit zu behaupten.

„Was führt Euch in mein Wirtshaus?", fragte er mit tiefer, rauer Stimme.

Als Jacob ihm den Grund nannte, verflog der spärliche Charme, den Hall zuvor vorgetäuscht hatte.

„Von mir bekommt Ihr Speis und Lager – und sonst nichts", knurrte Hall. „Wir dulden keine…" – er spie das Wort förmlich aus – *„Inquisitoren* im The Ship."

Abby schob das Kartendeck über den Tresen zu ihm hin. „Kommt Euch das bekannt vor?"

Mit einer einzigen gewaltigen Hand wischte Hall die Karten vom Tresen und beugte sich dicht zu Abby hinüber. „Nein, kommt es nicht", erwiderte er, in einem Ton, der keinen Widerspruch duldete.

Aus dieser Nähe konnte Abby die Narben und Poren in seiner Haut erkennen; in den kastanienbraunen Augen lag etwas Hohles, als lauerte darin eine dunkle Seele.

„Ich nehme den Rindfleischeintopf", sagte sie kühl.

Hall lachte schallend auf. „Ein Mädchen mit Mumm! Das gefällt mir!" Er piekte Jacob mit einem Finger in die Brust, sodass der junge Mann zusammenzuckte. „Und Ihr, Sir!"

Jacob mühte sich, gelassen zu wirken. „Ja?"

„Würdet Ihr gegen mich kämpfen?"

„Aus welchem Grund?"

„Aus gar keinem!"

„Dann nicht, Sir."

„Ja", brummte Hall und zapfte ihnen Bier aus einem Fass. „Hab ich mir gedacht."

„Der Mann gehört nach Bedlam!", zischte Jacob Abby zu.

Abby spülte ihren trockenen Hals mit einem tiefen Schluck von Halls Bier und nickte. Sie hatte alle Spielkarten aufgelesen und in ihrer Tasche verstaut.

Jacob beugte sich zu ihr hinüber und flüsterte: „Meint Ihr, Hall könnte der Pestdoktor sein?"

„Ich glaube nicht", erwiderte sie leise. „Er scheint mir zu groß. Aber ich bin nicht sicher. Es ging alles so schnell, und der Umhang des Pestdoktors verschleiert die Figur." Sie trank noch einen tiefen Schluck, dann fügte sie hinzu: „Unser Angreifer hatte eher normale Statur."

„Dann schlage ich vor…", Jacob verstummte, denn er bemerkte, dass plötzlich Stille im Schankraum herrschte.

Kitty Blake war zurück. Sie saß auf einem hohen Schemel in einer Ecke des Raumes, ein Instrument auf dem Schoß, das einer Laute ähnelte. Alle Augen waren auf sie gerichtet.

Im Schein zweier Wandlaternen schimmerte ihre Haut, und kleine Metallscheiben auf ihrem farbenfrohen Seidengewand fingen das Licht und funkelten wie Sterne. Ihr Kopf war mit einem leuchtend bestickten Tuch bedeckt.

Während Kitty den kurzen Hals ihres Instruments griff, dessen Griffbrett mit schimmerndem Perlmutt eingelegt war, brandete Beifall auf. Jacob sah, wie Arthur Hall sich mit dem Ellenbogen auf den Tresen stützte und das Kinn in seine riesige Faust legte – offensichtlich hingerissen.

Wie verführerisch sie war!

„Dies ist *The Coasts of High Barbary*", kündigte Kitty an. Dann begann sie, sich selbst begleitend, zu singen.

*Blick voraus, Blick zurück,*
*Schau auf das Wetter in Lee.*
*Ob Sturm, ob Flaute, so segelten wir!*
*Ich seh' ein Wrack im Luv,*
*Und ein hohes Schiff in Lee.*
*Wir segelten hinab,*
*Die Küste von Hoch-Barbarei.*

*„Seid Ihr Piraten?*
*Oder ein Kriegsschiff?", riefen wir.*
*Ob Sturm, ob Flaute, so segelten wir!*
*„O nein, ich bin kein Pirat!*
*Sondern ein Kriegsschiff", rief er.*
*Wir segelten hinab,*
*Die Küste von Hoch-Barbarei.*

*Breitseite auf Breitseite*
*Kämpften sie auf hoher See.*
*Ob Sturm, ob Flaute, so segelten wir!*
*Bis schließlich die Fregatte*
*Dem Piraten den Mast wegschoß.*
*Wir segelten hinab,*
*Die Küste von Hoch-Barbarei.*

*Mit Säbel und Gewehr*
*Kämpften wir drei Stunden lang.*
*Ob Sturm, ob Flaute, so segelten wir!*
*Das Schiff war ihr Sarg,*
*Und ihr Grab war das Meer.*
*Wir segelten hinab,*
*Die Küste von Hoch-Barbarei.*

Bei jedem Refrain *„Ob Sturm, ob Flaute, so segelten wir!"*, stimmten die Gäste ein, lautstark und mit klopfenden

Fäusten. In den letzten beiden Strophen sangen selbst die Inquisitoren mit, so mitreißend war Kitty Blakes Vortrag.

Nach einem Dutzend weiterer Lieder – mal ausgelassen, mal schwermütig, von verlorener Liebe und verdammten Seelen auf See erzählend – legte sie ihr Instrument schließlich beiseite und schritt über den mit Spreu und Scherben bedeckten Holzboden.

Jacob stieß Abby unterm Tisch mit dem Fuß. „Sie kommt hierher!", zischte er.

Als Abby, die etwas schwamm in ihrem Bier betrachtet hatte, endlich aufsah, nahm Kitty gerade neben Jacob Platz. Sein Gesicht war zu einem starren Grinsen erstarrt.

Ein feiner Duft von Rosenwasser lag in der Luft.

„Kitty Blake", sagte sie und streckte Jacob die Hand zum Kuss hin.

Als er sich nicht rührte, zog sie die Hand wieder zurück, verwundert.

„Ist Euer Gefährte unpässlich?", fragte sie Abby.

„Er hat einen Schlag auf den Kopf bekommen", antwortete Abby und deutete auf Jacobs Verband. „Allerdings muss ich bemerken, dass Ihr eine bemerkenswerte Wirkung auf Männer habt."

Kitty lächelte schüchtern und neigte den Kopf.

Ja, das weißt du genau, dachte Abby.

„Woher kommt Ihr?", brachte Jacob endlich hervor, als hätte er sich aus seiner Trance gelöst.

„Aus Tanger, in Marokko“, erwiderte sie, den Blick auf ihn gerichtet.

„Ihr seid weit von zu Hause“, sagte Abby.

Ohne die tiefbraunen Augen von Jacob abzuwenden, fragte Kitty: „Kauft Ihr mir einen Drink?“

Kittys Getränk der Wahl war Rum, ein Trunk, den auch die Einheimischen kannten. Wie Jacob aus seiner Zeit als Lehrling beim Zahlmeister der Marine wusste, stand jedem Mann an Bord eine Ration Rum zu. Er selbst hatte sich oft gefragt, wie die Matrosen es in solchem Zustand schafften, geradeaus zu segeln.

Ihr eigentlicher Name war Katharina Al-Yazid, erzählte Kitty ihnen. Ihre Familie in Tanger sei im Handel tätig gewesen, habe alles verkauft, was mit den Schiffen aus Portugal und Spanien in den Hafen kam. Sie selbst sei die Vermittlerin der Familie gewesen, habe beide Sprachen gemeistert und ein eigenes Netz von Kontakten aufgebaut. Als die Engländer 1661 die Stadt übernahmen, sei nur eine weitere Sprache hinzugekommen.

„Und Ihr habt sie vorzüglich gelernt“, sagte Jacob, während er eine Strähne seiner Perücke zwirbelte. Dann sprang er plötzlich auf und trippelte wie ein wohltrainierter King-Charles-Spaniel zur Theke.

„Wann seid Ihr nach England gekommen?“, fragte Abby.

„Vor zwei Jahren", erwiderte Kitty, dann lachte sie – und entblößte Zähne, weißer als Abby je gesehen hatte. „Ich habe mich in einen gutaussehenden englischen Seehauptmann verliebt, der mich heimlich auf seinem Schiff mitnahm. Nun bin ich hier und verdiene meinen Lebensunterhalt mit meinem Gesang."

Abby leerte ihr Glas. Sie spürte bereits, wie ihr der Alkohol zu Kopf stieg. „Und wo ist dieser englische Seehauptmann jetzt?"

„Ich hatte gehofft, Ihr würdet es mir sagen – Ihr, die Inquisitoren Samuel Pepys'."

Abby sah sie verwundert an. „Wie sollten wir…?"

Kitty legte den Finger auf Abbys Lippen. „Lasst uns nicht von gutaussehenden englischen Seehauptleuten sprechen."

Jacob kehrte mit zwei weiteren Bieren und noch einem Rum zurück. „Ich glaube, der Wirt hat Gefallen an mir gefunden", sagte er.

„Er hat Gefallen an Eurem Geld gefunden", erwiderte Kitty trocken und klopfte auf den Stuhl neben sich, damit Jacob sich setzte. „Ihr solltet hier vorsichtig sein. Die Marine zahlt ihre Männer nicht, und die werden verzweifelt."

„Zahlen sie sie nicht?" Abby bemerkte, dass ihre Worte schon leicht verwaschen klangen.

„Der König hat kein Geld", zuckte Kitty mit den Schultern. „So hat man es mir gesagt. Also bleiben die

Männer der Marine unbezahlt, und Arthurs Einnahmen gehen zurück."

Ermutigt vom Ale, sprach Abby das eigentliche Thema an. „Kennt Ihr den Pestdoktor?"

„Jeder kennt ihn", erwiderte die Sängerin. „Warum fragt Ihr mich?"

„Der Master Shipwright glaubt, dass Ihr darin verwickelt seid."

Für einen Augenblick huschte ein Zorn über Kittys seidenglattes Gesicht – dann war er verschwunden, und sie lächelte wieder, während ihr Blick durch den Raum wanderte und schließlich auf Arthur Hall fiel. „Theodore Penn sollte seine Verdächtigungen besser woanders hin richten", sagte sie. „Auf unseren Wirt zum Beispiel. Wusstet Ihr, dass er einmal Seemann war?"

Die Inquisitoren schüttelten die Köpfe.

„Er fuhr für die Ostindien-Kompanie, segelte im Indischen Ozean, brachte Gold, Silber und seltene Gewürze zurück."

„Er begann, Ladung zu stehlen und auf dem Schwarzmarkt zu verkaufen. Als man ihn erwischte, soll er sogar einen Mann getötet haben. Viele Jahre saß er dafür im Gefängnis."

„Er ist gefährlich, das ist offensichtlich", sagte Abby. „Aber hätte er Grund genug, Humphrey Wilkes zu ermorden und Robert Drake umzubringen?"

Kitty presste die Lippen zusammen. Dann erzählte sie den Inquisitoren, dass Drake und Wilkes während der Pest als Wächter im Dienst gewesen seien – und damals mit Hall aneinandergeraten waren, als dessen Land für eine Pestgrube beschlagnahmt werden sollte.

Hall habe das Land nicht herausgeben wollen, sagte sie, und dabei von Korruption in den oberen Rängen gesprochen. Es kam zu einem Handgemenge, und Drake und Wilkes griffen den Wirt mit ihren Schwertern an. Drake habe ihn seitlich aufgespießt.

„Dann bezweifle ich, dass wir einen der beiden Männer hier im Gasthaus antreffen werden", sagte Jacob.

„Im Gegenteil", erwiderte Kitty. „Sie sind oft hier."

„Er hat ihnen verziehen?", fragte Jacob und zog eine Augenbraue hoch.

„Niemals! Aber ihr Geld ist gut."

Abby klopfte etwas schwankend mit der Hand auf den Tisch. „Eine feine Geschichte!", rief sie. „Nun frage ich mich, Katharina Al-Yazid: Gibt es vielleicht auch für Euch guten Grund, eben diese Männer tot zu sehen?"

Die beiden Frauen musterten einander mit eisigem Blick.

Jacob, inzwischen selbst benebelt, bemerkte die Spannung zwischen ihnen nicht. „Stimmt das?", fragte er. „Drake hat Hall niedergestochen?"

Kitty zeigte ihre Zähne in einem schiefen Lächeln. „Warum fragt Ihr ihn nicht selbst?"

Jacob wollte sich schon erheben, doch Kitty zog ihn zurück auf die Bank und deutete unauffällig auf den massigen Wirt, der hinter dem Tresen stand und einen Krug mit einem schmutzigen Tuch polierte. „Ich habe Euch gewarnt. Er bewahrt eine Waffe in einer Eichenkiste hinter dem Tresen auf – und er zögert nicht, sie zu benutzen."

Abby richtete sich auf. „Eine Steinschlosspistole – so wie sie der Pestdoktor führt?"

# Chapter Ten

# Wilkes' Witwe

Abby wachte viel später auf, als es ihre Gewohnheit war, ein Büschel ihres roten Haars an die Wange geklebt. Ihr Mund war staubtrocken, und sie musste ihr linkes Augenlid regelrecht aufhebeln. „Was hab ich mir nur dabei gedacht?", fragte sie sich.

Als sie zu schnell aufstand, hämmerte ihr Kopf. Sie setzte sich auf die Kante ihres wackeligen Holzbetts und stöhnte leise. Der Inhalt ihrer Tasche lag über den Boden verstreut. Das Buch, in dem sie ihre Fallnotizen machte, lag aufgeschlagen da, und Feder samt Tintenfläschchen lagen nahe der Tür. Auf der Suche nach ihrem Ersatz-Haarband fand sie es unter dem Bett, neben den zwei Halbpennys, die sie für Notfälle aufhob.

Während Abby die Dinge wieder in ihre Tasche räumte, fiel es ihr auf: Catchpoles Schachtel und Spielkarten …

Sie waren verschwunden.

Obwohl sie hungrig waren, beschlossen die Inquisitoren, das Frühstück im The Ship auszulassen. Arthur Hall war schon auf den Beinen – „Schöner Morgen!", rief er ihnen zu und grinste über ihr zerzaustes Auftreten –, und keiner von beiden hatte Lust auf eine Konfrontation. Kitty Blake war nirgends zu sehen.

Der Lärm der Werft verschlang sie, als sie hinaus in Deptfords salzgeschwängerte, übel riechende Luft traten. Abby hielt sich die Ohren zu. Sie hatte Jacob bereits von den fehlenden – gestohlenen – Karten erzählt, und beide wussten, wen sie verdächtigen mussten.

„Wohin?", fragte er.

„Lydia Mercer oder Humphrey Wilkes' Witwe?"

Nora Drake hatte ihnen den Weg zu beiden erklärt, den Abby sich notiert hatte.

Nicht imstande, mit solchem Brummschädel eine Entscheidung zu treffen, zog Jacob einen silbernen Shilling aus der Tasche und schnippte ihn in die Luft. „Kopf, Lydia", sagte er. „Zahl, Wilkes' Witwe."

Dem Upper Watergate folgend bis zur King Street, bogen sie links ab in die Butcher Row und gingen dann weiter an einer Reihe Arbeiterunterkünfte entlang, parallel zum Fluss. Die Häuser waren hier ärmlicher, wettergegerbt und in unterschiedlichem Verfall. Der nahe Fluss roch widerwärtig.

„Dort", sagte Jacob und deutete auf eine der schiefen Holztüren.

Da sah Abby es auch, auf das blanke Holz geschmiert: das schwarze Kreuz und jene Worte, vor denen ihnen inzwischen graute.

„GOTT HABE ERBARMEN MIT IHM"

Wilkes' Witwe hatte sie nicht übermalt.

Die Inquisitoren verharrten davor, lasen die Worte still, als aus dem Inneren das Schreien eines Babys erklang. Abby biss sich auf die Unterlippe und klopfte an die Tür.

Eine junge Frau öffnete ihnen, ein Kind, keine zwölf Monate alt, an die Brust gepresst. Sein Gesicht war schmutzig und tränenüberströmt. Sie hatte es in eine raue, graue Wolldecke gewickelt, und sie selbst wirkte völlig erschöpft.

Ihr langes braunes Haar war verfilzt und verknotet, die Augen stumpf und eingefallen. Sie trug ein langes Wollkleid, hinten aufgerissen, und ihre ehemals weiße Schürze war mit Dreck übersät.

Als das Baby Abby erblickte, hörte es mit einem Mal auf zu heulen und starrte sie neugierig an. Instinktiv streckte sie die Hände aus, um das Kind zu nehmen. Die Mutter zögerte.

„Bitte", sagte Abby. „Lasst mich helfen."

Maggie Wilkes lebte mit ihrer kleinen Tochter Emma in einem Einzimmerhaus, das ihr vom Navy Board zur

Verfügung gestellt worden war. Die baufällige Fassade des Hauses ließ kaum ahnen, wie charmant es drinnen war. An den Wänden hingen ein paar Aquarelle von Seeschlachten und Kohlezeichnungen von Maggie neben einem Mann, den die Inquisitoren für ihren verstorbenen Ehemann hielten. Die Zeichnungen zeigten einen stämmigen Kerl mit einer Augenklappe über dem linken Auge und einem schiefen, verschmitzten Lächeln.

Das Mobiliar – ein Bett, Tisch und Stühle – war aus massivem Eichenholz, und alle Sitze waren gepolstert. Es wäre ein behaglicher Raum gewesen, hätte nicht die zentrale Feuerstelle kalt gelegen. Über ihnen verstärkten die hölzernen Balken und der leere Dachraum nur noch das Gefühl der Kälte.

„Warum zündet Ihr das Feuer nicht an?", fragte Jacob.

Maggie zog zwei Stühle heraus, damit sie sich um den Tisch setzen konnten. Als sie mit der Anordnung zufrieden war, erwiderte sie: „Der Schornstein ist verstopft; ich warte auf den Kaminkehrer."

Am Tisch fragte Abby, was Maggie von der Nacht erinnerte, als der Pestdoktor kam.

Da Baby Emma in Abbys Armen eingeschlafen war, reichte die Inquisitorin das Kind zurück. Maggie drückte ihre Tochter fest an sich und begann hin und her zu wiegen. „Ich kam gerade von meiner Schwester zurück, mit Emma, als ich ihn sah", sagte sie leise und zögernd.

„Ihr habt ihn selbst gesehen?", fragte Jacob. „Den Pestdoktor?"

Sie nickte. „Ich wusste nicht, was ich davon halten sollte. Wir hatten seit Monaten keinen Pestdoktor mehr gesehen."

„Er kam aus Eurem Haus?", fragte Abby.

„Nein… nun, ja, aber dessen war ich mir in dem Moment nicht bewusst. Er war auf der Straße, die Ihr eben entlanggegangen seid, und hätte aus jedem der Häuser kommen können. Darum habe ich ihn nicht angesprochen. Ich hatte keine Ahnung, was er gerade getan hatte." Ihr Gesicht verzog sich vor Schmerz.

Abby beugte sich vor und strich ihr beruhigend über den Arm. „Bitte, fahrt fort."

Maggie blickte auf ihr schlafendes Baby. „Er ging an mir vorbei", sagte sie leise.

„Sprach er?", fragte Jacob.

Sie schüttelte den Kopf. „Dabei wünschte ich ihm noch einen guten Abend."

Abby wandte sich an Jacob: „Fürchtete er vielleicht, dass sie seine Stimme wiedererkennt?" Dann fragte sie Maggie: „Ist Euch irgendetwas Ungewöhnliches an ihm aufgefallen?"

„Abgesehen von seiner Kleidung? Nein, ich …" Sie hielt inne. „Doch, eine Sache. Er trat schwer auf, als hätte er ein Hinken."

Abby sah zu Jacob. „Ich habe ihn gestern nur kurz laufen sehen, und ich war in Panik, aber ich könnte schwören, der Pestdoktor, den ich sah, hinkte nicht."

„Vielleicht war er verletzt und ist inzwischen genesen?", schlug Jacob vor. Er wandte sich wieder an Maggie: „Und dann kamt Ihr hierher zurück und fandet Euren Mann grausam ermordet?"

Abby warf ihm einen finsteren Blick zu, als Maggie in Tränen ausbrach – was kleine Emma weckte, die prompt zu schreien begann.

Als schließlich wieder Ruhe einkehrte, erzählte Wilkes' Witwe mit brechender Stimme, wie sie ihren Mann tot auf ihrem Bett gefunden hatte. Ihre Schreie hatten die Nachbarn geweckt.

„Wer könnte den Tod Eures Mannes gewünscht haben?", fragte Abby.

„Pfui!", rief sie, und zum ersten Mal flackerte ein Funken Leben in ihrem Gesicht auf. „Kennt Ihr die Rivalitäten einer Werft nicht?"

Jacob verzog das Gesicht. „Nur zu gut", erwiderte er bitter. „Ich erinnere mich nur zu deutlich …"

Maggie unterbrach ihn: „Es gibt zwei abscheuliche Männer, Alfred Bradshaw und Hugo Hedges. Bradshaw ist ein Kaufmann hier in Deptford, Hedges betreibt ein Lagerhaus am Kai. Diese beiden und mein Mann dienten schon oft zusammen an Bord der Schiffe des Königs – und sie hassten einander."

Es habe jedoch ein besonderer Vorfall stattgefunden, fuhr sie fort …

Hedges sei Bootsmannsmaat gewesen und Bradshaw der Bootsmann, bei einer Fahrt nach Tanger im vergangenen Jahr. Auf der Rückreise nach England habe sich eine Meuterei zusammengebraut – wegen der schockierenden Zustände und des ausbleibenden Soldes.

Der Kapitän habe davon erfahren und die Rädelsführer bestrafen wollen. Ihr Mann habe geschworen, Bradshaw und Hedges seien die Schuldigen gewesen, doch diese hätten ihrerseits Wilkes beschuldigt. Als einfacher Matrose von niedrigerem Rang als die beiden anderen schienen seine Unschuldsbeteuerungen aussichtslos – bis der Kapitän aus heiterem Himmel auf seiner Seite stand.

„Weshalb der plötzliche Sinneswandel?", fragte Abby.

„Humphrey hat es mir nicht gesagt."

Nach einem Kriegsgericht an Bord, berichtete Maggie weiter, seien Bradshaw und Hedges für schuldig befunden worden, doch da es an eindeutigen Beweisen gefehlt habe, entgingen sie dem Galgen und erhielten stattdessen eine Auspeitschung – sechsunddreißig Hiebe vor der versammelten Mannschaft. Sie schworen, diese Demütigung zu rächen. Der Groll zwischen den Parteien sei danach nie mehr verflogen.

„Kurz bevor er so grausam ermordet wurde, sagte Humphrey mir, er sei auf der Hut vor gewissen Kameraden. Etwas sei vorgefallen zwischen ihnen, was er mir nicht verraten wollte. Doch mit Bradshaw und Hedges lag er immer im Streit", schloss Maggie.

„Könnte einer von ihnen der Pestdoktor sein?", fragte Abby.

„Das ist mein Glaube. Es war dunkel, als ich den Schuft sah, und diese Kleidung verbirgt den Träger. Es könnte jeder von beiden gewesen sein – sie sind von ähnlicher Statur. Aber merkt Euch meine Worte: Es war einer von ihnen."

Als sie sich zum Gehen rüsteten, reichte Jacob Maggie den silbernen Shilling, den er zuvor geworfen hatte. Trotz der Einwände der Inquisitoren weigerte sie sich standhaft, ihn anzunehmen, und wiederholte: „Ich nehme keine Mildtätigkeit an."

„Zahlt die Marine Euch denn keinen Ersatz für den Verlust Eures Mannes?", fragte Abby.

Da stürmte Maggie zu einem Beutel, der an einem Nagel an der Wand hing, zog eine Handvoll identisch bedruckter Papierstreifen heraus und schüttelte sie wütend. „Das", fauchte sie, „ist es, womit die Marine mich bezahlt!"

Abby blickte verwirrt.

„Tickets", erklärte Jacob. „Anstelle von Lohn ausgegeben, die man beim Navy Office gegen Geld eintauschen kann – wann immer der König zahlen kann. Wie uns Kitty Blake gestern schon sagte: Er kann nicht."

Maggie lachte bitter. „Oder ich verkaufe sie an irgen-
deine Halsabschneiderin am Hafen, die sich ein Vermö-
gen daran verdient. Mein Mann kannte alle windigen
Makler in Deptford, denen man trauen konnte, einen
fairen Preis zu zahlen. Ich hingegen kenne keinen von
ihnen."

Da begann Baby Emma wieder zu weinen.

# Chapter Eleven

# Lydia Mercer

Ein vorbeikommender Werftarbeiter erklärte ihnen den Weg zu Lydia Mercers Schiffszubehörladen am östlichen Rand der Werft. „Neben dem Markt", sagte er. Der Gedanke an eine Erfrischung beschleunigte ihren Schritt; die angespannte Stimmung im Haus von Maggie Wilkes hatte ihren Kater nur noch verschlimmert.

Am Haus der Drakes angekommen, klopfte Jacob, doch niemand öffnete. Am Ende des Deptford Strond bogen sie nach rechts und gelangten auf die Common Green, auf die Turmspitzen eines Gebäudes zu, das sich als St.-Nicholas-Kirche herausstellte.

Vor ihnen breiteten sich grüne Felder aus, von Stein- und Heckengrenzen eingefasst. Jedes diente einem anderen Zweck: auf manchen standen Obstbäume, auf anderen wuchsen Getreide und Gemüse, anderswo grasten Schafe und Kühe. Bäume säumten die staubige Straße, die hinaus ins County Kent führte.

Endlich vernahmen die Inquisitoren das laute Rufen der Marktschreier. Sie bogen um eine Ecke und fanden sich auf einem geschäftigen Marktplatz wieder, umgeben von Läden. So durstig waren sie inzwischen, dass sie beide in einen leichten Trab verfielen.

Jacob überholte Abby. Als er sich zu ihr umdrehte, um sie zu necken, stolperte er über den eigenen Absatz und fiel rücklings in einen Obstkarren. Während er sich mit der erzürnten Besitzerin herumschlug, schlüpfte Abby lachend an ihm vorbei, direkt zum Stand des Bäckers mit dem verlockenden Duft frisch gebackener Brote und Pasteten.

Dankbar kaute sie auf einer Fleischpastete, als er wieder zu ihr aufschloss, die Arme voller Obst.

„Was ist das?", fragte sie.

„Angedötschte Äpfel und Birnen", erwiderte er. „Das furchterregende Weibsstück zwang mich, sie zu kaufen."

Abby griff sich eine Birne und biss hinein, auf der Suche nach dem süßen Saft. „Dank deinem Ungeschick", sagte sie strahlend, „kommen wir wenigstens zu etwas Gutem."

Während sie aßen, schweiften ihre Blicke über die Läden und Amtsstuben, die den Marktplatz säumten. Apotheker, Metzger, Schneider, Schuster, Fischhändler … „Dort", sagte Jacob und zeigte hin.

Das breite, zweistöckige Fachwerkhaus trug ein Schild mit der Aufschrift: Mercer & Sons, Schiffszubehör. Durch die großen, vergitterten Schaufenster konnte man allerlei seefahrerisches Gerät erkennen.

Abby strich sich die Krümel vom Kleid und fragte Jacob: „Da dir ein Leben unter Seefahrern nicht zusagte, was wolltest du denn eigentlich werden?"

Sein Kiefer verharrte mitten im Biss, und er starrte sie verblüfft an. Noch nie hatte ihm jemand eine derart persönliche Frage gestellt, schon gar keine Frau. Was wollte er werden? Er tat, was sein Vater ihm auftrug – oder bemühte sich zumindest darum –, und damit war die Sache erledigt.

Als er ihr das so erklärte, lächelte sie.

„Weshalb lächelst du?", fragte er.

„Du hältst dich für einen armen Bedauernswerten, Mr Standish."

„Ich nicht!", entgegnete er, in einem Tonfall, der höher geriet, als ihm lieb war. „Die Wünsche meines Vaters für meine Zukunft deckten sich mit den meinen, wie es recht und billig ist."

Abby griff zur nächsten Birne – es waren ja genug da. „Und was war mit den Wünschen meines Vaters für meine Zukunft?", fragte sie mit einem neckischen Blick.

„Und?", fragte Jacob. Ihm war bekannt, dass Abbys Vater Ambrose, ein Drucker, ihr schon früh Lesen und

Schreiben beigebracht hatte. „Du bist schließlich eine Frau.“

Sie hob eine Augenbraue. „Er hoffte, ich könnte einem Leben in Diensten entgehen.“

„Was dir ja auch gelungen ist!“

Abby blickte auf die Kleidung, die ihr Mr Pepys gekauft hatte. „Meinst du das hier?“, fragte sie. „Eine theatralische Verkleidung, damit ich eine Rolle spielen kann?“

„Du bist Mr Pepys’ Inquisitorin“, beharrte Jacob.

„Nein, Mr Standish. Du bist sein Inquisitor. Ich bin nach wie vor seine Dienstmagd – nur dem Anschein nach nicht.“

Jacob verzog das Gesicht. „Ich schlage vor, du lernst etwas Dankbarkeit.“ Er stapfte davon, direkt auf Mercer & Sons zu.

Abby sah ihm nach, ein Anflug von Belustigung huschte über ihr Gesicht.


Sie holte ihn an der Tür zum Schiffszubehörladen ein. Möwen kreischten über ihnen, Kinder huschten quietschend und johlend zwischen den Einkäufern hindurch. Jacob blickte zu Abby hinab, die kaum halb so groß war wie er, legte ihr sanft die Hand auf die Schulter und trat ein.

Regale säumten die Wände, bestückt mit sorgfältig geordneten Waren: Ballen von Segeltuch, Kerzen, Lam-

penöl, Teer, Pech, Taue, Nägel, Haken … Allerlei Dinge
für die seefahrende Kundschaft, von der etliche im Laden
stöberten. Ein angenehmer Duft von Wachs und Holz
erfüllte den Raum.

Eine hölzerne Theke zog sich über die gesamte Rück-
wand, von der Ketten, Seile und weitere Regalbretter
herabhingen. Dahinter stand ein Junge von zehn oder elf
Jahren, der Nägel abwog, neben einer hochgewachse-
nen, kantigen Frau mit einer wilden Mähne aus rotblon-
dem Haar, die offenbar das Sagen hatte. Vor der Theke
stand ein fein gekleideter Mann, der ihr eine Kiste mit
Töpfen und Pfannen zur Begutachtung anbot.

Die Inquisitoren bemerkten plötzlich, dass alle drei
innegehalten hatten und sie anstarrten.

„Guten Tag", sagte Jacob und verneigte sich leicht.
„Ich bin …"

„Ich weiß, wer Ihr seid", unterbrach ihn die Frau. „In
Deptford spricht sich so etwas schnell herum."

„Ja", sagte der Mann. „Ich auch."

Abby ignorierte ihn und wandte sich an die Frau. „Ihr
seid Lydia Mercer?"

Sie musterte Abby und Jacob misstrauisch. „Ja, die bin
ich. Also sind das die, die der große Samuel Pepys schickt,
um den berüchtigten Pestdoktor zu entlarven?"

Nachdem Abby den Gedanken, dass der Mörder eine
Frau sein könnte, bisher verworfen hatte, fiel ihr jetzt auf, dass Lydia ungefähr die gleiche Größe wie die

maskierte Gestalt hatte, die sie gesehen hatte. Obwohl die Schiffszubehörhändlerin höchstens Ende dreißig war, schätzte Abby sie aufgrund ihres gezeichneten, erschöpften Gesichts eher zehn Jahre älter. Ihre Kleidung – ein langes schwarzes Kleid und weiße Schürze – war schlicht, und an jedem Finger trug sie einen goldenen Ring.

Lydia bemerkte Abbys Blick auf die Ringe. „Mein Richard konnte Schmuck nicht leiden", sagte sie. „Kann er jetzt nicht mehr viel gegen machen." Sie hielt kurz inne. „Also, Ihr seid hier, um in alten Wunden zu bohren, was?"

„Wo wart Ihr gestern um ein Uhr?", fragte Jacob. „Als Joseph Catchpole sein frühes Ende fand?"

Die Schiffszubehörhändlerin brach in ein beunruhigendes Gackern aus. „Dieser grobschlächtige Tölpel! Das hat er verdient!"

„Ihr mochtet ihn nicht?", fragte Abby.

„Er mochte mich nicht! Hat ständig Ränke geschmiedet, um mir die Handelslizenz entziehen zu lassen, dieser verdammte tyrannische Schurke."

Jacob packte sie am Handgelenk. „Würdet Ihr morden? Seid Ihr der Pestdoktor?"

Lydia starrte ihn spöttisch an. „Ja. Und wenn schon? Wollt Ihr mir das beweisen, ihr Amateur-Inquisitor?" Sie zupfte an seiner Perücke. „Mit dieser jämmerlichen Mähne, als hättet Ihr sie aus dem Abtritt gezogen?"

Jacob wich einen Schritt zurück und rückte instinktiv die Haarpracht zurecht.

„Darf ich vorstellen: der Charmebolzen, Lydia Mercer", spöttelte der Mann neben ihnen lachend.

Blitzschnell fuhr Lydia zu ihm herum, schlug die Handflächen auf den Tresen, sodass der Dienerjunge zusammenzuckte. „Ich habe diese Stadt vor der Pest gerettet, Hugo Hedges, und vergiss das ja nicht!"

„Viele würden widersprechen", entgegnete er gelassen.

„Ihr seid Hugo Hedges?", fragte Abby ihn.

Er blickte an sich herab, als wolle er nachsehen. „So scheint es!"

Hier stand, wie es der Zufall wollte, der Lagerhausbesitzer und ehemalige Schiffszimmermann, den Maggie Wilkes verdächtigte, der Pestdoktor zu sein. Abby musterte ihn und konnte den Gedanken abermals nicht sofort verwerfen.

Er trug ein schwarzes Samtdoublet mit goldenen Stickereien und einen breitkrempigen Hut mit Feder. Langes, braunes Haar kringelte sich über seine Schultern, und sein einschmeichelndes Lächeln hätte beinahe bezaubern können – wäre da nicht die Farbe seiner Zähne, die zu seinem Wams passte.

Hedges verbeugte sich unterwürfig.

Als er sich wieder aufrichtete, war Lydia bereits über den Tresen gesprungen und stand ihm fauchend gegenüber. „Ich habe diesen Leuten das Leben gerettet!", knurrte sie.

Jacob drängte sich dazwischen. „Bitte, keine Handgreiflichkeiten!"

Die Kundschaft hielt inne, um dem Schauspiel beizuwohnen. Einer oder zwei verließen den Laden angewidert über diesen unziemlichen Auftritt.

Hedges hingegen schien die Konfrontation zu belustigen und höhnte: „Sagt das den armen Seelen, die gestorben sind. Oder denen, die Ihr verkrüppelt habt, falsche Doktorin."

Jacob übernahm die Kontrolle über die eskalierende Situation. Er deutete auf die Tür hinter dem Tresen und sprach den Jungen an. „Diese Tür", sagte er. „Wohin führt sie?"

„Durch Lagerräume zu den Gemächern von Mistress Mercer, Herr", erwiderte der Junge.

„Gut. Ich werde Mistress Mercer dorthin begleiten. Abby, kümmere dich um Mr Hedges." Jacob wandte sich wieder an den Jungen. „Kannst du für ein paar Minuten auf den Laden aufpassen?"

Der Junge nickte.

Doch Hedges war schon auf dem Weg hinaus, die leere Kiste hinter sich herziehend. „Ich finde schon hinaus", rief er zurück. „Meinen Lohn hole ich mir morgen!"

„Aufgeblasener Saufkopf!", schrie Lydia ihm nach und wand sich aus Jacobs Griff.

Die drei bahnten sich ihren Weg durch einen langen, schummrigen Flur mit Türen zu beiden Seiten und einer weiteren, kaum sichtbaren am anderen Ende. Jacob fand sich mehr als einmal gegen die Wände prallen, während er versuchte, die zeternde, schimpfende Schiffszubehörhändlerin im Zaum zu halten.

Abby öffnete die Tür am Ende des Flurs und offenbarte einen geräumigen Raum, dessen Kamin kalt und leer war, abgesehen von einem Tisch, zwei Hockern und einer Staffelei. Zwei große bleiverglaste Fenster und eine Reihe Wandlaternen erhellten den Raum. Die Inquisitoren blieben wie angewurzelt stehen, der Mund vor Staunen offen.

Die Wände waren vom Boden bis zur Decke bedeckt mit Bekanntmachungen aus den Tagen der Pest und mit Gemälden. Gemälde desselben Mannes und dreier Jungen, teils fertiggestellt, teils skizzenhaft, in Öl, Aquarell und Kohle. Auf manchen lächelten die Dargestellten fröhlich; auf anderen, in Rot und Schwarz gemalt, waren ihre Züge wahnsinnig verzerrt, und sie schrien vor Qual.

„Meine liebsten Jungen!", verkündete Lydia.


Umgeben von den Bildern ihrer verstorbenen Familie schien Lydia sich zu beruhigen. Während Abby sich neben sie setzte und beruhigend auf sie einsprach, nutzte

Jacob die Gelegenheit, um durch die improvisierte Galerie zu gehen und alles eingehend zu betrachten.

Ein aus einem Buch herausgerissenes Blatt zeigte eine Illustration von zwei Chirurgen und einem Leichnam, betitelt „Die Art und Weise, wie man den pestilenzialischen Körper seziert".

Das Titelblatt eines Flugblatts, gedruckt von John Bill und Christopher Barker, Druckern des Königs im Jahre 1665, lautete: „Einige notwendige Anweisungen sowohl zur Heilung der Pest als auch zur Vorbeugung der Ansteckung mit vielen einfachen und preiswerten Mitteln, sehr nützlich für die Untertanen Seiner Majestät. Festgelegt vom College der Ärzte."

Eine einseitige London Gazette, datiert Montag, 3. bis Montag, 10. September 1666, über den „jüngst erfolgten beklagenswerten Brand", vermerkte: „Mehrere Fremde, Niederländer und Franzosen, wurden während des Feuers festgenommen, da man den Verdacht hegte, sie hätten böswillig dazu beigetragen, und sie sind alle inhaftiert ..."

Wöchentliche Sterbelisten, die einen Penny kosteten, waren wahllos an den Wänden befestigt. Eingeführt von den Gemeindevorstehern Londons, zeichneten diese Listen die Todesursachen der Bürger wöchentlich auf. Zusammengetragen wurden sie von sogenannten Leichenbeschauerinnen – meist alten Frauen ohne jegliche medizinische Ausbildung.

Jacob stieß auf eine Sterbeliste vom 19. bis 26. September 1665, der Woche, in der die Pesttoten ihren Höchststand erreichten: verzeichnet waren 7165 in dieser einen Woche. Es ließ dem jungen Inquisitor das Blut in den Adern gefrieren. Wie viel Glück er gehabt hatte, diese schreckliche Zeit überlebt zu haben, wurde ihm schlagartig bewusst.

Andernorts auf demselben Zettel las er:

*Alter: 43*

*Im Bett verbrannt durch eine Kerze in St Giles: 1*

*Schwindsucht: 134*

*Husten: 2*

*Vor Schreck gestorben: 3*

*An Kummer gestorben: 3*

*Durch Sturz vom Glockenturm von All Hallows getötet: 1*

*Lethargie: 1*

*Totgeboren: 17*

*Wind (Kolik): 3*

All die jüngsten Schrecken von Feuer und Pest, so leicht vergessen während der atemlosen Ermittlungen der Inquisitoren, kehrten ihm schlagartig ins Bewusstsein zurück.

Ebenso verstörend waren die Porträts und Bilder von Lydias Ehemann und Söhnen. Abby entlockte der noch immer trauernden Witwe ihre Namen: der Ehemann hieß Richard, die Söhne Christopher, Joseph und Daniel, im Alter von 38, 20, 19 und 11 Jahren.

Lydia, eine begabte Künstlerin, hatte so viel Gefühl in den Gesichtsausdrücken ihrer Liebsten eingefangen, dass es herzzerreißend war, es mit anzusehen. Die Hoffnung in Daniels jungen Augen; der Schmerz in den Zügen ihres Mannes, wie er in Qual die Hände nach drei leblosen Gestalten ausstreckte, die unter Decken in ihren Betten lagen. Auf manchen Bildern wirkten die Gesichter unheimlich lebensecht; auf anderen war die Haut aufgerissen und abgefallen, sodass strahlend weiße Knochen darunter zum Vorschein kamen.

Auf der Staffelei in der Mitte des Raumes stand ein Gemälde, das von einem großen Tuch verhüllt war. Als Jacob darunterspähen wollte, war Lydia in einem Augenblick von ihrem Hocker aufgesprungen. „Wie könnt Ihr es wagen!", schrie sie und hämmerte mit den Fäusten gegen seine Brust. „Meine Gemälde sind mein Geist, zu Leinwand geworden! Sie sind persönlich, bis ich sie selbst enthülle!"

Der Inquisitor wich zurück, die Handflächen entschuldigend erhoben.

Besänftigt kehrte Lydia auf ihren Hocker zurück und begann ihre Geschichte.

Ihr ältester Sohn Christopher, erzählte sie, habe im Getreidespeicher gearbeitet. Er sei der erste gewesen, der im Juli 1665 an der Pest erkrankte. Mit Fieber und Übelkeit hatte er sich ins Bett gelegt, und nach einer einzigen, grausamen Woche war er tot. Als auch ihre anderen Söhne ähnliche Symptome zeigten, pflegten sie und Richard die Jungen Tag und Nacht.

Der Arzt der Marine in Deptford sei zur See gewesen, sodass ihnen nur der örtliche Wundarzt zur Verfügung stand – ein kaum ausgebildeter Mann, der wirres Geschwätz von sich gegeben habe. Die verzweifelte Lage verschlimmerte sich noch, als Lydia eines Morgens ein rotes Kreuz an ihrer Tür und den Spruch „GOTT HABE ERBARMEN MIT IHM" entdeckte. Sie sollten gemeinsam unter Quarantäne gestellt werden.

„Die Wächter vor unserem Haus waren Humphrey Wilkes und Robert Drake", sagte sie.

„Habt Ihr begonnen, sie zu verachten?", fragte Abby.

„Obwohl wir an der verschlossenen Tür hämmerten und flehten, uns freizulassen, hörten sie nicht auf uns", erwiderte Lydia und seufzte tief. „Doch wir sind Geschöpfe der Notwendigkeit."

Ihr mittlerer Sohn Joseph sei als Nächster gestorben, erinnerte sie sich. Dann habe ihr jüngster Sohn die Symptome gezeigt, und eine Woche später sei auch er gestorben. „Kleine Daniel kämpfte am härtesten von allen meinen tapferen Jungen. Mein Richard starb zuletzt, an der Pest oder an gebrochenem Herzen – es spielt keine Rolle mehr."

Vierzig Tage später habe Robert Drake die Tür aufgeschlossen, und sie habe hinausgedurft. Sie sei verschont geblieben. Wie und warum, könne sie bis heute nicht begreifen.

Danach, getrieben von Trauer und Eifer, habe sie geschworen, so viele Leben zu retten, wie sie könne, damit andere nicht das gleiche Leid ertragen müssten.

Finanziert durch den florierenden Schiffszubehörladen, erklärte Lydia, habe sie sich in medizinische Forschung gestürzt, Bücher und Gerätschaften gekauft, ihre Regale mit Kräutern und Salben aus der Apotheke bestückt. Sie habe mit Ärzten korrespondiert, freiwillig in Pesthäusern geholfen, wo die Kranken behandelt wurden, und sogar als Mann verkleidet an Sektionen teilgenommen (da Frauen nicht zugelassen waren). Durch ein Wunder habe die Pest sie nie berührt.

Lydias Wohltätigkeit, Mercers Hilfswerk für die Leidenden, stellte armen Familien in Deptford, deren Türen wie die ihrer Familie versiegelt worden waren, Lebensmittel und medizinische Versorgung bereit. Im Bewusstsein, dass künftige Generationen aus ihrer Arbeit lernen könnten, gründete sie zudem Mercers Pestmuseum am Hafen in Deptford.

Damals begannen die Gerüchte zu kursieren, sie habe aus den Häusern der Pestopfer gestohlen und Ausstellungsstücke für ihr Museum geraubt.

„Haben Wilkes und Drake die Gerüchte in die Welt gesetzt?", fragte Jacob. „So wurde es uns von …"

„Still, Jacob!", fiel ihm Abby ins Wort.

Die Schiffszubehörhändlerin lachte. „Ich kann mir denken, wer es Euch gesagt hat. Maggie Wilkes! Sie hasst mich – und ich sie nicht minder. Wenn es die beiden waren, die das Gerede in Umlauf brachten, dann wohl, um ihre eigenen Vergehen zu verschleiern. Ich habe nichts gestohlen", betonte sie. „In meinem Herzen war in jenen schrecklichen Tagen nur Güte und Hoffnung. Ich habe Leben gerettet."

Anfangs, so sagte sie, habe die Gemeinde von Deptford ihre Bemühungen unterstützt. Doch als die Zahl der Toten stieg und ihre Methoden erfolglos blieben, wandten sich die Leute gegen sie. Da der Schiffbau brachlag und die Geschäfte der Werft ohnehin litten, wechselten viele ihrer Kunden zu einem konkurrierenden Schiffszubehörladen.

Immer verzweifelter, einen echten Fortschritt zu erzielen, kaufte Lydia schließlich eine Pestdoktor-Montur und begann selbst, die Kranken zu behandeln. Sprechen durfte sie nicht, da ihre Stimme sie als Frau verraten hätte.

Eines Nachts besuchte sie das Haus eines delirierenden Marineoffiziers, der angeblich an der Pest erkrankt war. Sie habe den Verdacht gehabt, es handle sich stattdessen um ein fremdes Fieber, erzählte sie den Inquisitoren. Ein Quacksalber, der ebenfalls zugegen war, habe darauf bestanden, dass die Pestbeule seine Hand infiziert habe, und amputierte sie. Für einen Moment klar und wütend, habe der Offizier ihr die Maske vom Kopf gerissen, und so sei sie enttarnt worden.

Das Gerücht verbreitete sich, erzählte Lydia weiter; aus bloßem Misstrauen wurde offener Hass. Man spuckte nach ihr auf der Straße und bedrohte sie. Sie habe sich mehrere Wochen lang verstecken müssen und sei erst wieder aufgetaucht, als die Pest abgeklungen und das Leben mehr oder weniger normal geworden sei. Doch noch immer mieden viele in Deptford sie, und die dunklen Erinnerungen blieben. „Mein Geschäft hält sich nur noch mit Mühe über Wasser", sagte sie.

Ihre Geschichte beendet, legte Lydia den Kopf auf den Tisch. Mit der linken Wange auf ihrer Hand schloss sie das rechte Auge, als wolle sie schlafen.

Jacob bemerkte, dass sie ihn mit dem anderen Auge anstarrte.

Unbehaglich sagte er zu Abby: „Wir sollten gehen."

„Besitzt Ihr Eure Pestdoktor-Montur noch?", fragte Abby Lydia.

Langsam stand Lydia auf und ging zu einem Ölgemälde ihres Mannes. Es zeigte Richard Mercer in Samt und Seide, eine Schriftrolle in der Hand. „Warum fragt Ihr?", entgegnete sie.

Abby schwieg.

Lydia fuhr mit dem Zeigefinger über die lächelnden Lippen ihres Mannes, beugte sich vor und küsste das Bild leicht. Nach einer langen Pause antwortete sie: „Ja. Sie ist in meinem Pestmuseum."

# Chapter Twelve

# Flucht

*D*er siebzehnjährige Henry Trevelyan ließ es sich nicht gefallen, von Robert Penrose zurechtgewiesen zu werden. Penrose mochte zwar der Hafenmeister von Mousehole sein, doch Henry erinnerte sich gut daran, dass sein Vater für den alten Mann nur wenig übriggehabt hatte. „Er geht keine Risiken ein", pflegte Thomas seinem Sohn zu sagen.

Besonders lebhaft erinnerte sich Henry an die oft erzählte Geschichte der Sea Star. Die Jolle war während eines Sturms im März 1630 vor Mounts Bay in Seenot geraten. Während Penrose von einer Rettung abriet, erklärten sich mehrere Fischer bereit, es dennoch zu versuchen.

Entgegen Penroses Anweisung sprang Thomas in sein Boot, die Anne's Hope, und machte sich auf den Weg zu dem schwankenden Mast der Sea Star. Begleitet wurde er von seinem Freund, dem erfahrenen Fischer William Tregarth. So hieß es, Thomas' Abschiedsworte, vom heulenden Wind davongetragen, lauteten: „Schlimmere See hab ich schon erlebt!"

*Bei der waghalsigen Rettung gelang es den Männern von Mousehole, ihr Boot längsseits an die Sea Star zu bringen. Verzweifelt banden sie die beiden Boote inmitten des Tumults zusammen, und Thomas und William schafften es, die erschöpfte dreiköpfige Besatzung an Bord der Anne's Hope zu ziehen. Tragischerweise, als sie gerade ablegen wollten, brach eine gewaltige Welle über sie herein, zerschlug den Mast der Jolle. Beim Fallen schlug er Tregarth bewusstlos; dieser stürzte ins Meer und war im nächsten schrecklichen Augenblick verloren.*

*Obwohl er damals erst sechs war, verfluchte Henry sich dafür, das dramatische Geschehen verpasst zu haben, das die eingeschworene Gemeinschaft spaltete. Manche Dorfbewohner verließen den Raum, wenn Thomas eintrat, unfähig, ihre Gefühle mit ihm zu vereinbaren. Einer von ihnen war Robert Penrose.*

*Henry bemerkte die Feindseligkeit schon in jungen Jahren und fragte seinen Vater danach. „Nicht jeder ist mit den Entscheidungen einverstanden, die wir damals getroffen haben", erklärte ihm Thomas. „Manche meinen, es sei leichtsinnig gewesen, und der Preis zu hoch. Wir taten, was wir für richtig hielten. William entschied sich an jenem Tag selbst dafür, mit mir hinauszufahren, wohl wissend, was auf dem Spiel stand. Ohne seinen Mut wären drei gute Männer gestorben. Tu, was du für richtig hältst, mein Sohn, und pfeif auf die Meinung der anderen."*

*Die Worte seines Vaters gingen Henry noch oft durch den Kopf, lange nachdem dieser fort war. „Tu, was du für richtig hältst, mein Sohn, und pfeif auf die Meinung der anderen."*

*Am Morgen, nachdem er seinen eigenen Sturm überstanden – und sich dafür von Penrose eine Ohrfeige eingefangen hatte –, packte Henry eine Leinentasche und verließ Mousehole leise für immer. Seine Mutter Anne war gerade unterwegs, um ihren Hebammendiensten nachzugehen; er überlegte kurz, ihr einen Zettel zu hinterlassen, entschied sich dann dagegen – und wünschte sich später oft, er hätte es doch getan.*

*Zum Schutz und als Glücksbringer steckte er das Fischmesser seines Vaters, das besondere mit dem Elfenbeingriff, samt Scheide in seinen Stiefel.*

*Zu Fuß brauchte er etwas mehr als eine Stunde, über das rivalisierende Fischerstädtchen Newlyn, bis nach Penzance. Die geschäftige Hafenstadt bot ihm, das wusste Henry, die beste Chance, eine Überfahrt nach Portsmouth zu finden.*

*Im Hafen lagen mehrere große Boote, deren nackte Masten sanft in den schaukelnden Wellen schwankten. Henry entdeckte eines, das gerade mit Kisten beladen wurde, und steuerte pfeifend darauf zu, dabei eine alte Seemannweise vor sich hin summend. Es fühlte sich gut an, endlich Herr meines eigenen Schicksals zu sein, dachte er bei sich.*

*Das Schiff, die Mary Belle, war eine 60 Fuß lange Handelsketsch mit zwei Masten, stabil genug, um den Böen des Ärmelkanals standzuhalten. Ihr Rumpf war grün mit weißen Zierleisten, und ihr Kapitän, Richard Hawke, stand an Deck* und überwachte die Verladung. Als er Henry dort stehen sah, legte er fragend den Kopf schief.

Henry verstand den Wink. „Ich will nach Portsmouth, Sir. Geht Ihr in diese Richtung?"

„Ja, und dann weiter nach London", entgegnete Hawke und musterte ihn. „Du siehst nach einem kräftigen jungen Kerl aus. Ich könnte ein weiteres Paar Hände an Deck gebrauchen."

Henry grinste und warf dem Kapitän seine Tasche zu. „Ich danke Euch, Sir. Ich werde mir meine Passage redlich verdienen!"

Hawke streckte ihm die Hand hin; Henry nahm sie und stieg vorsichtig auf die Mary Belle, darauf bedacht, nicht zu stolpern.

„Das wirst du, Junge", erwiderte der Kapitän, als sie sich gegenüberstanden. „Und was hast du in Portsmouth vor?"

Henry zog seine gestrickte Wollmütze ab und knüllte sie in den Händen. „Ich habe vor, mich der Marine Seiner Majestät anzuschließen, Sir."

# Chapter Thirteen

# Das Pestmuseum

Als sie endlich draußen vor dem Schiffszubehörladen standen, schüttelten die Inquisitoren ungläubig den Kopf. Jacob nahm Hut und Perücke ab und fuhr sich mit der Hand durchs kurze, verschwitzte, verfilzte Haar. Abby rieb sich energisch die Augen.

Es dauerte eine Weile, bis einer von ihnen etwas sagte.

Jacob atmete aus. „Sie muss der Pestdoktor sein", meinte er.

Abby zog einen großen eisernen Schlüssel aus ihrer Tasche und hielt ihn hoch. „Wenn dem so ist, warum hat sie uns dann so bereitwillig den Schlüssel zu ihrem Pestmuseum überlassen?"

„Die Frau ist nicht mehr bei Verstand!"

Dem konnte man schwer widersprechen.

„Wir sollten uns sputen, zu ihrem düsteren Museum", sagte Jacob. „Ich wette, dort finden wir reichlich Spuren."

Während sie zurück zum Werftgelände gingen, hatte sich der Himmel zugezogen, und Nieselregen setzte ein. Abby fragte: „Hattest du Mitleid mit ihr, Jacob?"

„Hast du Familie durch die Pest verloren?", entgegnete er.

Wie er sehr wohl wusste, hatten keiner ihrer drei Brüder das Kindesalter überlebt, und ihre Mutter war bei der Geburt des Jüngsten gestorben. Ihr Vater, in Untersuchungshaft ins berüchtigte Gefängnis Clink gesteckt wegen fingierter Anschuldigungen, war dort an Skorbut zugrunde gegangen. Die einzigen bekannten Verwandten in Greenwich, bei denen sie zwei glückliche Jahre in klarer Luft und mit Bildung verbracht hatte, hatte sie seit ihrer Anstellung bei Mr Pepys nicht wiedergesehen.

Doch Jacobs Frage war rhetorisch gewesen. Noch ehe sie antworten konnte, fuhr er fort: „Selten ist der Bürger Londons, der nicht den Tod eines Geliebten durch diese verfluchte Seuche erlebt hat. Auch mein Vater schickte mich fort aus London, damit ich ihrem Griff entkäme …"

„Jacob, worauf willst du hinaus?"

„Darauf, dass ganz London vom Unglück berührt wurde und manche besser damit zurechtkamen als andere. Nur eine, die wir kennen, griff zum Mord. Der Pestdoktor: Lydia Mercer."

Abby verzog das Gesicht, nicht überzeugt, gerade als ein rattenhafter Mann mit Zopf und goldenem Ohrring an ihr vorbeiging, ihr auf den Oberschenkel klatschte und dabei schmutzig grinste.

Sie funkelte seinem Rücken hinterher. Beim Weggehen fiel ihr auf: Er hinkte.

Beinahe hätten die Inquisitoren das Museum übersehen, so klein und unscheinbar war es, und auf beiden Seiten von zweistöckigen Lagerhäusern überragt. Sie vermuteten, es sei früher einmal ein Wachhäuschen gewesen oder das provisorische Büro eines Werftbeamten. Es wirkte wie ein Rückzugsort, eingeschossig, mit einem heruntergekommenen Strohdach, in dem Möwen nisteten.

Das Schild war so verwittert und verblasst, dass die Inquisitoren erst aus der Nähe die Buchstaben entziffern konnten:

Mercers Pestmuseum

Das ständige Hämmern und Klirren im Hintergrund schien hier seltsam gedämpft, vielleicht von den hohen Lagerhäusern abgeschirmt. Hinter ihnen plätscherte die Themse gegen den hölzernen Kai, voller Segelboote, die mit der Strömung liefen, und die Flussvögel schnatterten und quakten geschäftig. Das alles wirkte ziemlich unheimlich.

„Wo sind denn alle?", fragte Abby.

Es war schwer, irgendwo in der Nähe der Docks einen Ort zu finden, der nicht von Männergewimmel erfüllt war. Und doch: hier – keine Menschenseele.

Während Abby noch in der Stille des Moments versunken war, probierte Jacob die Tür. Als er sie verschlossen fand, rüttelte er lautstark an der Klinke und warf sich mit der Schulter dagegen.

„Jacob! Lydia Mercer hat uns den Schlüssel gegeben!", erinnerte ihn Abby, während sie in ihrer Tasche kramte.

„Verzeih mir", sagte er und schüttelte den Kopf. „Ich fürchte, die jüngsten Ereignisse haben meinen Verstand verwirrt."

Abby steckte den Schlüssel ins Schloss. „Ich gestehe, mir ist beklommen zumute", gestand sie Jacob, als die Tür knarrend aufschwang.

Entlang jeder der beiden Längswände befanden sich vier Fenster. Alle waren mit Läden versehen, von denen einige so lose oder zerbrochen waren, dass sie schwache Lichtstrahlen einließen, in denen Staubpartikel umherirrten. An der gegenüberliegenden Wand war eine weitere Tür. Der ganze Ort roch feucht.

Der Raum war gesäumt von Tischen und hölzernen Vitrinen, und die Wände waren bedeckt mit gerahmten und ungerahmten Bekanntmachungen und Handzetteln. In der Mitte standen weitere Tische. Der Raum war in vier Bereiche unterteilt, jeder mit einem großen gedruckten Schild versehen: „Medizinische Geräte", „Besitztümer der Opfer", „Quarantänepraktiken" und „Wohltätigkeit".

Der Zahn der Zeit hatte genagt. Zwei der Tische waren eingestürzt, und ihre Exponate lagen auf dem Boden verstreut. Regen war durchs Dach eingedrungen und hatte eine Sammlung von Aushängen ruiniert, die halb zerfetzt auf dem Holzboden lagen.

Die Inquisitoren standen im Türrahmen und betrachteten die traurige Szenerie. Abby konnte ihren Herzschlag hören. Nach einer bedeutungsvollen Pause traten sie gleichzeitig in den Raum, Abby nach links und Jacob nach rechts.

Er fand sich im Bereich der Wohltätigkeit wieder. Auf den Tischen lagen Flugblätter von Mercers Hilfswerk für die Leidenden und Dutzende Dankesbriefe von Familien, denen die Stiftung geholfen hatte. An der Wand hing eine gerahmte Liste der Spender: Kaufleute und Ladenbesitzer aus Deptford, private Wohltäter, Marineinstitutionen – und, zu Jacobs Zufriedenheit, der Name Samuel Pepys.

Alles war mit einer Staubschicht bedeckt, die zu stören er sich kaum traute.

*Habe ich Lydia Mercer falsch eingeschätzt?*

Abby hingegen inspizierte die Gegenstände im Bereich Besitztümer der Opfer. Sie verspürte dieselbe Scheu, etwas zu berühren wie Jacob, als wären alle ausgestellten Dinge heilige Reliquien – oder aus Furcht, die Pest selbst wiederzuerwecken. Ein allgegenwärtiges Gefühl von Ehrfurcht lag in der Luft. Beobachteten die einstigen Besitzer dieser sonst so gewöhnlichen Schmuckstücke und Schätze sie? Sie schaute unwillkürlich nach oben und um sich.

Billiger Schmuck, Tabakdosen und gravierte Andenken lagen in einer verglasten Vitrine, jedes mit einem handgeschriebenen Schild versehen. Auf den Tischen sah Abby Hüte, Handschuhe, Taschen, ein vergilbtes Spitzentaschentuch mit den Initialen „EH", ein Gebetbuch … Ihre Augen blieben an einem ganz bestimmten Objekt hängen: einer kleinen, handgenähten Stoffpuppe mit zwei Knopfaugen in einem einfachen, abgetragenen Kleid. Wie unter Zwang nahm sie sie in die Hand und las das Schild:

*Diese Puppe gehörte Mary Jarvis, 7 Jahre alt, die zusammen mit ihrer Familie der Pest erlag. Sie wurde in ihren Armen gefunden, als das Haus nach der Quarantäne geöffnet wurde.*

Diese Knopfaugen … Sie schienen zu wissen. Behutsam stellte Abby die Puppe zurück, ging feierlich hinüber zu Jacob und tippte ihm auf den Rücken. Er fuhr mit einem Schrei zusammen.

„Wir sollten gehen", sagte sie mit vor Rührung belegter Stimme.

„Hast du eine Spur gefunden?", fragte er.

Abby schüttelte den Kopf. „Wonach suchen wir überhaupt, Jacob?"

Er ließ den Blick durch den Raum schweifen.

„Alle ihre Ausstellungsstücke sind beschriftet und zugeordnet", sagte Abby leise. „Sie hat sie nicht gestohlen."

Wenngleich er nicht völlig überzeugt war, konnte Jacob dem nichts entgegensetzen. „Wir müssen wenigstens noch diese Tür dort am Ende prüfen", sagte er.

Sie war verschlossen. Jacob machte einen Schritt zurück und warf sich mit der Schulter dagegen. Die Tür sprang auf und wirbelte Staub- und Spinnwebenwolken auf.

Es war das Erste, was ihnen beiden ins Auge fiel: der lange, gewachste, schwarze Kapuzenmantel, der an der gegenüberliegenden Wand hing. Ein Holzstock lehnte daneben, und auf dem Boden lagen ein breitkrempiger Lederhut, Handschuhe und eine Pestdoktor-Maske.

„Sie hat es vor uns verborgen", sagte Jacob. „Hinter einer verschlossenen Tür. Warum ist es nicht bei den anderen Dingen ausgestellt?"

„Und doch gibt sie zu, dass sie es getragen hat", warf Abby ein.

Sie wollten gerade den Raum betreten, als Jacob plötzlich den Arm ausstreckte, um seine Mitinquisitorin aufzuhalten. „Halt!", rief er, den Blick auf den Boden gerichtet.

„Was ist?", fragte sie.

Jacob deutete zurück auf den Weg, den sie durch das Museum genommen hatten. „Was fällt dir auf?"

Sie zuckte mit den Schultern. „Ein Museum."

„Sieh auf den Boden."

„Fußspuren? Im Staub?"

Jacobs und Abbys Fußspuren waren deutlich zu erkennen in der dicken Staubschicht, die die dunklen Dielen bedeckte – ein untrügliches Zeichen dafür, dass sie die ersten Besucher seit geraumer Zeit waren.

„Ja! Und nun sieh hier", sagte er und deutete auf den ebenso hölzernen Boden im Hinterraum.

Die Staubschicht war hier fast verschwunden. Am hinteren Ende, nur beleuchtet vom Licht durch die aufgebrochene Tür, lag eine zerknüllte Decke. Daneben war eine weitere Tür.

„Hier hat jemand geschlafen", stellte Abby fest.

Vorsichtig, um die wenigen Spuren nicht zu verwischen, ging Abby zur Tür, drückte die Klinke – sie öffnete sich. Jacob sah, wie sie hinaustrat, zurückkehrte und dann die Handfläche gegen eine unbeleuchtete bleiverglaste Laterne neben der Tür legte.

„Sie ist warm", sagte sie. „Wer auch immer hier war, ist in Eile fort."


Die Inquisitoren konnten zwei halbe Fußspuren ausmachen: eine, die von einem kleineren Herrenschuh oder einem größeren Damenschuh stammte, näher an der inneren Tür; und eine andere, lediglich der Abdruck des Vorderfußes eines deutlich größeren Stiefels, eindeutig eines Mannes, näher an der äußeren Tür.

„Was mag das bedeuten?", fragte Jacob.

„Es scheint, als hätten wir zwei Personen in diesem Raum", entgegnete Abby.

Jacobs Augen weiteten sich. „Zwei Pestdoktoren?"

„Wir dürfen keine voreiligen Schlüsse ziehen", mahnte sie ihn. „Dieser Raum und diese Pestdoktor-Montur müssen nicht zwingend mit den Morden in Verbindung stehen."

Jacob nahm die Maske auf. Zwar hatte er sie schon ein paar Mal getragen gesehen, doch er hatte nie eine in der Hand gehabt oder sie so genau begutachten können.

Das Leder war dick und steif, um das Gesicht zu bedecken und die schlechte Luft fernzuhalten. Die runden Gläser saßen in Messing eingefasst. Der groteske Schnabel, einen Fuß lang und spitz zulaufend.

Vorsichtig, als könne sie sich an ihm festkrallen und nie mehr loslassen, setzte Jacob sich die Maske auf den Kopf. Sofort überkam ihn ein Gefühl der Klaustrophobie, und er riss sie wieder ab, nachdem er gerade noch den Hauch getrockneter Kräuter am Schnabelende wahrgenommen hatte.

Abby nahm Hut und Handschuhe auf. Sie hatte nicht die Absicht, sie anzuprobieren.

Jacob bemerkte, wie sie aufmerksam an einer Fingerspitze des Handschuhs kratzte. „Was hast du gefunden?"

Sie zeigte es ihm. Dunkle, rostrot-schwarze Krümel lagen in ihrer Handfläche.

„Ist das Blut?", fragte er und nahm ihr den Handschuh ab. Er roch an beiden und hielt ihr einen unter die Nase.

„Schwarzpulver", sagte sie leise.

# Chapter Fourteen

# Peter Bradshaw

Es war später Nachmittag, als sie zum Ship zurückkehrten – die Bäuche leer, die Köpfe voller Fragen statt Antworten. Obwohl sie schon weit nach der üblichen Essenszeit eintrafen, waren die Tische im Schankraum im Erdgeschoss fast alle besetzt – gegessen wurde allerdings kaum. Arthur Hall hinter seinem Tresen grinste spöttisch, als sie eintraten.

„Ignorier den Dummkopf", sagte Jacob.

Abby stieß ihn an. „Hedges", sagte sie leise und deutete auf zwei Männer, die sich gegenüber an einem Tisch niedergelassen hatten.

Der Lagerhausbesitzer winkte, und sein Begleiter drehte sich um, um zu sehen, wen er grüßte.

„Das ist der Mann, den wir vorhin beim Pestmuseum gesehen haben", sagte Jacob zu Abby. „Der, der dir auf den Schenkel geschlagen hat."

„Ist das Bradshaw?", murmelte sie, während sie entschlossen auf die beiden Männer zuging.

Jacob folgte ihr hastig.

„Wollt ihr euch zu uns setzen?", fragte Hedges die Inquisitoren und deutete auf zwei freie Stühle.

Während Jacob zögerte, ließ Abby sich nicht zweimal bitten. „Ihr müsst Alfred Bradshaw sein", sagte sie und hoffte, dass sie recht hatte.

„Ja", erwiderte der Mann mit dem Zopf und musterte sie aufmerksam. „Und ihr müsst das Harcourt-Mädchen und Standish sein, von denen man hier so viel erzählt. Die hochgeschätzten Inquisitoren Samuel Pepys' machen mir nicht viel her."

Betretenes Schweigen folgte.

Bradshaw trug einen goldenen Ohrring im linken Ohr und einen Krummsäbel am Gürtel. Seine schielenden grauen Augen, das vernarbte Gesicht und die von Pocken gezeichnete Nase gaben ihm ein einschüchterndes Aussehen. Sein strubbeliges, rötliches Haar war zu einem Zopf geflochten, der ihm den Rücken hinunterhing, und ein spärlicher Ingwerbart umrahmte sein Kinn. Peter Bradshaw war ein Mann, dem man nachts lieber nicht in einer dunklen Gasse begegnen wollte.

„Ihr seid Kaufmann?", fragte Abby, die sich jemand weitaus respektableren vorgestellt hatte. „Womit handelt Ihr?"

Er grinste schief. „Was braucht Ihr?"

Blitzschnell konterte sie: „Pestdoktor-Montur und eine Pistole."

Bradshaw und Hedges brachen in schallendes Gelächter aus und schlugen vor Vergnügen auf den Tisch. „Arthur!", rief Hedges dem Wirt zu. „Bring diesen Landratten einen Drink!"

Abby wagte nicht, das Angebot abzulehnen, obwohl sie nicht vorhatte, die Ausschweifungen der letzten Nacht zu wiederholen.

„Wer zahlt – du oder ich?", fragte Hedges seinen Begleiter, während er ein Paar Würfel aus der Tasche zog. Er warf sie über den Tisch und beugte sich gespannt vor. „Zwei und vier", verkündete er enttäuscht.

Bradshaw gluckste, nahm die Würfel an sich und blies in seine hohlen Hände. „Diesen Nichtsnutzen zahl ich ihr Bier nicht!" Er warf. „Sechs und fünf! Du bist dran, Verlierer!"

Ermutigt von der unverblümten Art der beiden, wagte Jacob schließlich selbst eine Frage. „Man sagte uns, es bestehe böses Blut zwischen euch, Drake und Wilkes."

Er bemerkte, wie sich ein Blick zwischen den beiden Männern austauschte.

„Nein. Kein böses Blut zwischen uns und Wilkes", knurrte Bradshaw zurück. „Weil der nämlich tot ist."

Jacob verzog spöttisch das Gesicht. „Tot – durch wessen Hand?"

Bradshaw funkelte ihn an. „Nicht durch meine Hand, wenn Ihr das andeuten wollt!“

„Und Drake?“, fragte Abby.

Bradshaw lachte ihr ins Gesicht. „Drake? Der würde nicht mal ein Wickelkind erschrecken! Ist kaum größer als ein Junge!“

„Beruhige dich, Peter“, sagte Hedges.

Bradshaw ignorierte ihn und richtete sich bedrohlich auf.

Jacob erhob sich ebenfalls, unweigerlich größer wirkend. Doch sein Gegner schien sich an dem Größenunterschied nicht zu stören. „Bezichtigst du mich des Mordes?“, fauchte Bradshaw und spielte mit dem Griff seines Krummsäbels.

Abby gab beiden ein beschwichtigendes Zeichen, sich zu setzen; keiner gehorchte. „Wir bezichtigen niemanden, Mr Bradshaw“, versicherte sie ihm. „Mein Mitinquisitor hat einen aufwühlenden Tag hinter sich und spricht unbedacht.“

Arthur Hall erschien mit zwei Humpen an ihrem Tisch. „Ich seh schon, ihr freundet euch mit den Einheimischen an“, spottete er und grinste Jacob an.

„Komm, Arthur, wir sollten zurück an die Arbeit“, sagte Hedges. „Es war mir ein Vergnügen, Euch wiederzusehen, Abigail Harcourt.“

Sie hob einen Finger. „Ehe Ihr geht, Sir, noch eine Frage?“

Hedges nickte.

„Wisst Ihr von Glücksspielen hier im The Ship? Uns wurde gesagt, Wilkes habe Schulden gehabt."

Hedges und Bradshaw blickten auf die Würfel auf dem Tisch. Hedges fegte sie an sich und steckte sie wieder ein. „Wisst Ihr denn nicht, dass Glücksspiel geregelt ist?", entgegnete er.

„Fragt doch Arthur dort", fügte Bradshaw hinzu und zwinkerte. Als er ging, tat er plötzlich so, als wolle er auf Jacob losgehen, der sich jedoch nicht rührte. Mit einem zufriedenen Nicken verschwand Bradshaw.

Hedges folgte ihm, beugte sich zuvor aber noch zu Abby hinunter und flüsterte ihr ins Ohr: „Fragt die ausländische Sängerin, was sie in Tanger getan hat."


„Ich traue Bradshaw nicht", sagte Jacob zu Abby, während er sich gierig über einen Teller Hammel mit Steckrüben hermachte. „Ist dir aufgefallen, dass er hinkt? Wie der Pestdoktor, den Maggie Wilkes gesehen hat. Er ist uns außerdem vor dem Pestmuseum begegnet. Könnte es er gewesen sein, der durch die Hintertür verschwand, ehe wir eintraten?"

Sie war schon halb mit einem Fleischpastetchen fertig. „Ich misstraue ihm ebenso, aber in deiner Theorie sind Lücken, Jacob. Der Pestdoktor, den wir sahen, hinkte nicht …"

„Ich habe ihn nicht gesehen", erwiderte Jacob, „da ich …" Er verstummte.

„Aber ich habe ihn gesehen, und ich schwöre, er hinkte nicht."

„Bist du dir sicher?"

„Es ist möglich, dass ich mich irre", räumte sie ein. „Aber wie du selbst sagtest – Verletzungen können heilen. Wilkes wurde vor einiger Zeit ermordet, und der Hinkefuß des Pestdoktors muss nicht dauerhaft sein."

„Und was ist mit Lydia Mercer? An ihren Pestdoktor-Handschuhen fanden sich getrocknetes Blut und der Geruch von Schwarzpulver", warf er ein.

„Das Blut war alt, Jacob. Es könnte seit der Pest dort sein."

„Und das Schwarzpulver?"

„Besorgniserregender", gab sie zu. „Doch irgendjemand, das wissen wir sicher, hat in dem Hinterzimmer des Pestmuseums gewohnt. In dieser Pestdoktor-Montur könnte jeder gesteckt haben, nicht nur Lydia."

„Und was ist mit ihren Gemälden – von ihrem Mann und ihren Söhnen? Die waren höchst verstörend. Lydia Mercer hat in jener elenden Zeit zu viel gesehen und ist dabei wohl irre geworden. Auch wenn sie eine Frau ist, glaube ich fest, dass ihr Mord zuzutrauen ist."

Mit einem Seufzen zog Abby ihr Notizbuch aus der Tasche. „Derzeit haben wir mehrere Verdächtige, die in Betracht kommen", sagte sie und schrieb sie auf:

*Hugo Hedges und Peter Bradshaw*

*Bekannt dafür, mit Wilkes und Drake über Verratsvorwürfe an Bord eines königlichen Marineschiffs nach der Rückkehr aus Tanger in Streit geraten zu sein.*

*Lydia Mercer*

*Verdächtigt von Theodore Penn und Nora Drake. Penn erwähnte, dass Mercer sich als Pestdoktor verkleidete, als sie als gefährliche Scharlatanin angeprangert wurde. Nora Drake erinnerte an Mercers Fehde mit Wilkes und ihrem Mann wegen Diebstahls- und Wucher-Vorwürfen. Die beiden Männer hatten Mercers Familie während der Pest im Haus eingeschlossen, was zu deren Tod führte.*

*Arthur Hall*

*Beschuldigt von Kitty Blake, die behauptete, Wilkes und Drake hätten einst mit dem Wirt um Land gestritten, das als Pestgrube requiriert worden war, und Hall dabei schwer verletzt.*

*Kitty Blake*

*Genannt von Penn und später von Hedges. Beide deuteten auf finstere Machenschaften in Tanger hin. Ein direkter Zusammenhang mit Wilkes und Drake bleibt unklar. Zu zierlich, um überzeugend als Pestdoktor aufzutreten, müsste* sie einen Auftragsmörder engagiert haben. Wäre eine so zurückhaltende Frau zu einem solchen Komplott fähig?

sie einen Auftragsmörder engagiert haben. Wäre eine so zurückhaltende Frau zu einem solchen Komplott fähig?

# Chapter Fifteen

# Geheimnisse & Lügen

Hab ich da meinen Namen gehört?"

**"**    Die Inquisitoren erkannten den wohlklingenden Tonfall sofort.

Kitty Blake lächelte, als sie sich auf den Platz neben Jacob setzte, den Hugo Hedges gerade erst geräumt hatte. Hastig stopfte Abby ihr Notizbuch zurück in die Tasche.

Jacob räusperte sich und fand plötzlich großes Interesse an einem Knorpelstück, das er aus einer seiner Würste gepult hatte.

Abby erwiderte Kittys Lächeln etwas verspätet. „Es gibt Männer in Deptford, die Euch gern im Gefängnis sähen", sagte sie.

„Meine Liebe, es gibt Männer in Deptford, die mich tot sehen möchten", entgegnete Kitty völlig ungerührt. „Sie mögen die Farbe meiner Haut nicht."

„Könnte es mehr sein als das?", hakte Abby nach.

Kitty zog ihren bunt gemusterten Seidenschal mit Quasten von den Schultern, richtete ihr langes Haar und band den Schal um ihren Kopf. „Habt ihr Tanger schon einmal besucht?", fragte sie, bereits wissend, dass die Antwort nein lautete. „Es ist eine wunderschöne Stadt an der Meerenge von Gibraltar, vom goldenen Sonnenlicht überflutet. Das Tor zwischen Afrika und Europa, voller Schiffe. Dort begegnet man dem ganzen Leben: Berbern, Arabern, Mauren, Engländern, Spaniern, Franzosen … Es gibt Spannungen!" Sie lachte.

Jacob war so hingerissen vom Klang ihrer Stimme, dass er sich auf seinem Hocker nach hinten lehnte, in der Erwartung, auf eine Wand zu stoßen – und dann unsanft nach hinten kippte. Da saß er nun kleinlaut, hoffend, die Sängerin möge ihn trotzdem reizend finden.

Doch sie ignorierte ihn völlig und sprach weiter: „Als Kind spielte ich in den schmalen, gepflasterten Gassen rund um die große Festung, die wir Kasbah nennen. Das Herz von Tanger, auf einem hohen Hügel über dem Meer. Ein bezaubernder Ort, der mir immer im Herzen bleibt."

Jacob, der seinen Hocker wieder erklommen hatte, fragte: „Warum seid Ihr fortgegangen?"

„Ha!", rief sie. „Das ist eine andere Geschichte."

Eine Geschichte, die die Inquisitoren hören mussten. Doch wie konnten sie sie ihr entlocken?

„Wer will Euch tot sehen, Kitty?", fragte Abby. „Hugo Hedges? Peter Bradshaw?"

Doch die Sängerin blieb ausdruckslos, durchschaute sie sofort.

Abby begriff, dass sie sich mehr Mühe geben musste. „Wir können helfen", sagte sie.

Ein kaum wahrnehmbares Neigen von Kittys Kopf ließ Abby hoffen, dass sie einen Schwachpunkt gefunden hatte.

„Wie wollt ihr helfen?", fragte Kitty, hörbar skeptisch.

Jacob witterte seine Chance, Eindruck zu schinden. „Miss Blake", sagte er und strich sich über den Ärmel seines Rocks. „Wir sind die persönlichen Inquisitoren von Mr Samuel Pepys."

Sie sah ihn nur ausdruckslos an.

„*Mr Samuel Pepys?*", wiederholte er lauter.

Die Sängerin warf die Arme in die Luft. „Wenn Ihr lauter sprecht, macht mich das mit diesem Mann auch nicht vertraut!"

Jacob sah sich gezwungen, Pepys' Stellung als Clerk of the Acts und seine Verbindung zu Deptford zu erklären. „Er ist einer der mächtigsten Männer der königlichen Marine", versicherte er ihr. „Und ein enger Bekannter von mir", fügte er hinzu (obwohl er Pepys erst vor zwei Wochen zum ersten Mal getroffen hatte).

Immerhin hatte es ihre Aufmerksamkeit geweckt. „Er könnte mir eine neue Stellung verschaffen, fern von diesem stinkenden Gasthaus und seinen vulgären Gästen?", fragte Kitty.

Jacob war verblüfft. Er mochte den Ort eigentlich, vom Wirt einmal abgesehen. *Es hat doch Farbe!*, dachte er. *Was erwartet diese Ausländerin denn noch?* Er wollte das gerade aussprechen, als Abby ihm zuvorkam.

„Ja", sagte sie und nahm Kittys Hand. „Ich bin sicher, er kann Euch helfen." Sie sah zu Jacob, in der Hoffnung, dass er ihr beisprang.

Offen gesagt, hielt er es für höchst unwahrscheinlich, dass der Clerk of the Acts des Navy Board einer Sängerin aus Tanger den Posten ihrer Wünsche verschaffen würde. Doch glücklicherweise registrierte er Abbys Aufforderung. „Ja", bestätigte er und rückte leicht an seiner Perücke. „An was für eine Stellung habt Ihr gedacht?"

Sie blickte ihm in die Augen, und er seufzte unwillkürlich. „Übersetzerin", antwortete sie. „Ich spreche acht Sprachen: Arabisch, Tamazight, Darija, Englisch, Französisch, Spanisch, Portugiesisch und Niederländisch."

„Bei allen Heiligen!", entfuhr es Jacob.

*„Je voudrais visiter les beaux pays de la monde."*

Zu seinem Erstaunen war es Abby, die diese Worte gesprochen hatte, die ihm völlig unverständlich blieben.

Kitty lächelte, doch in ihren Augen lag ein fragender Ausdruck. *„Vous parlez français!"*

Die junge Inquisitorin errötete. *„Seulement un peu"*, gab sie zu. *„La famille de la femme de Master Pepys, Elizabeth*

…", sie rang nach den richtigen Worten, *„Ils sont de la France?"*

*„Ils sont de France"*, korrigierte Kitty sie. „Die Familie der Frau Eures Herrn stammt aus Frankreich? Und sie lehrt Euch?"

„Nein!", rief Abby ein wenig zu laut. „Nein. Ich lerne bei Master Pepys."

„Euer Herr lehrt Euch?", fragte Kitty erstaunt.

„Er ist ein gütiger Gentleman", erwiderte sie leise. *„Et maintenant. S'il vous plaît, dites-nous ce qui s'est passé à Tanger."*

*„C'est à Tanger, pas en Tanger"*, verbesserte die Sängerin sie erneut.

*„Merci."* Abby wandte sich an Jacob, der vor Bewunderung schier platzte. „Ich habe sie gebeten, uns zu erzählen, was in Tanger geschah."

Zögernd begann Kitty ihre Geschichte …

Nachdem Tanger 1661 von Karl II. erworben worden war, liefen die Schiffe des Königs mit britischen Flaggen ein. Für Kitty, die als Vermittlerin für ihre Kaufmannsfamilie tätig war, eröffneten sich neue Möglichkeiten und frische Handelswege.

Die Engländer, so stellte sie fest, hatten einen Geschmack für marokkanische Seide, Leder und Keramik sowie für exotische Gewürze wie Safran und Kreuzkümmel, außerdem für Zucker und Tabak. Sie organisierte den Import von Maschinen und Textilien –

Wolle, Baumwolle, Leinen – nach Tanger, und für ihre wohlhabenderen Kunden auch englisches Silbergeschirr. Die Geschäfte liefen gut.

Neben den großen Handelsschiffen liefen auch Galeonen der Royal Navy den Hafen an, brachten Nachschub an Männern, während Garnison und Stadtbefestigungen aufgebaut wurden.

Nachts, wenn sie – wie es ihr Vergnügen war – in den Bars von Tanger sang, lernte Kitty viele dieser Seeleute der Marine auch persönlich kennen. So kam es, dass sie den englischen Kapitän kennenlernte, der ihr Liebhaber wurde.

Abby unterbrach ihre Erzählung. „Wie war sein Name?"

„Sein Name war Henry", antwortete sie. „Ihn kennenzulernen hat in Tanger alles für mich verändert."

Ihre Eltern, so erzählte Kitty, hatten eine Ehe für sie arrangiert – mit dem Sohn eines wohlhabenden marokkanischen Rivalenhändlers. Ihr Plan war, die beiden Geschäfte zu vereinen und das größte Handelshaus in Tanger zu schaffen. Sie selbst war dreißig Jahre alt, ausgesprochen unabhängig und vom Reichtum unbeeindruckt. Ihren Bräutigam fand sie langweilig.

„Er sprach nur über Geld und Handel und die vielen Kinder, die wir haben würden. Ich wollte Abenteuer", sagte sie.

Eines Tages, Ende 1664, als Henrys Schiff, die Venturer, auslaufen sollte, bat sie den Kapitän, ob sie mit ihm nach England reisen dürfe. Es würde für beide riskant sein, das wusste sie. Er würde sie heimlich an Bord schmuggeln müssen, verborgen vor allen außer ein oder zwei vertrauten Mannschaftsmitgliedern. Auch für Kitty war das Risiko hoch, da sie in einem stickigen, eigens gezimmerten Versteck im Laderaum festsitzen würde – zwischen Bilgewasser, Vorräten und Ratten.

Würde man sie entdecken, drohte dem Kapitän ein Kriegsgericht – und Kitty womöglich noch Schlimmeres. „Man hätte mich über Bord werfen können", stellte sie sachlich fest.

Die Überfahrt nach Deptford dauerte fünf erbarmungslose Wochen, aber sie war eine Kämpferin und überlebte. „Der Bootsmann brachte mir einmal am Tag Brot und Wasser, mehr nicht", erklärte Kitty. „Jedes Mal, wenn er kam, wussten wir, dass wir gesehen werden könnten."

Erst an Land erzählte Henry ihr von den Intrigen, die während der Reise gesponnen worden waren. „Ein Matrose hatte mich im Laderaum entdeckt", erinnerte sich Kitty. „Ich weiß nicht wann oder wie; ich habe ihn nicht gesehen. Er erkannte mich aus Tanger wieder und wusste, wer mich an Bord geschmuggelt haben musste. Danach erpresste er Henry."

„Wer war dieser Matrose?", fragte Abby.

Kitty legte einen Finger auf die Lippen. „Keine Namen mehr, Abigail. Ich habe schon zu viel gesprochen. Reden ist gefährlich in Deptford – es kostet Leben. Bringt mir euren Mr Pepys. Wenn er mich zu seiner Übersetzerin macht, dann erzähle ich euch den Rest meiner Geschichte."

„Man sagte uns, in Tanger sei etwas geschehen", drängte Abby. „Etwas Schlimmes."

„Man hat euch falsch informiert, meine Liebe." Kitty erhob sich von ihrem Hocker. „Jetzt muss ich für mein Abendbrot singen."

Damit glitt Kitty Blake – Katharina Al-Yazid – elegant in die hintere Ecke des Schankraums und begann, sich auf ihren Auftritt vorzubereiten.


„Jemand belügt uns", sagte Abby.

Jacob setzte sich ihr gegenüber und winkte sie zu sich. „Ich habe etwas bemerkt, als Kitty ihr Kopftuch band", sagte er, während er sich vergewisserte, dass niemand lauschte. „Sie hat ein seltsames blaues Zeichen hinter dem linken Ohr mit Tinte markiert."

„Welches Zeichen?"

„Es schien ein Halbmond zu sein."

Als sie den Mund öffnete, um ihm zu gratulieren, hielt er sie zurück. „Es gibt noch mehr." Er machte eine Pause, um die Spannung zu steigern. „Bradshaw trägt sein Haar geflochten, was mir erlaubte zu sehen, dass er ebenfalls ein Zeichen hinter dem selben Ohr hat. Es sah aus wie ein Hase."

# Kentish Knock

*D*er siebzehnjährige Henry Trevelyan stach 1641 von Portsmouth aus in See, erfüllt vom Feuer, für König und Vaterland zu kämpfen. Es war seine Pflicht, wie er fand, als stolzer Engländer.

Doch das Schicksal und die Zukunft hatten andere Pläne für ihn.

Henry begann seine Ausbildung als Kanoniermaat an Bord der Lionheart. Rasch erkannte er, dass das Steuern eines kleinen Fischerboots in keiner Weise dem Bedienen einer Vorderlader-Kanone auf einem königlichen Kriegsschiff glich.

Schon die ersten Wochen öffneten ihm die Augen. Er schlief in einer Hängematte unter Deck in beengten, schmutzigen Verhältnissen; aß fade oder gar verdorbene Nahrung; erhielt einen Hungerlohn; scheuerte das Deck; lernte, Segel zu setzen und einzuholen sowie im Tauwerk zu arbeiten; übte das Musketenschießen und den Umgang mit dem Krummsäbel; und verbrachte Stunde um Stunde mit dem Reinigen, Laden und Feuern der schweren Bronzekanonen. Nachtdienst bedeutete, dass er nur unruhig ruhte. Nicht einmal einen Schuss im Zorn hatte er bislang abgefeuert.

Und doch nahm er dieses Leben an. Es gab ihm einen wahren Sinn, eine Sache, für die es sich einzustehen lohnte. Wenn seine Gedanken zurück nach Cornwall schweiften, erschienen ihm jene frühen Jahre immer kleiner – ein sinnloses, zermürbendes Dasein. *Könnte mein Vater mich jetzt sehen*, dachte er. Und Peck. Und dieser selbstgerechte Hafenmeister Robert Penrose. *Er sehnte sich danach, an Mousehole vorbeizusegeln und aus dem hohen Tauwerk zu rufen: „Seht mich jetzt an!"*

*Im folgenden Jahr geriet der Kampf König Karls um die Kontrolle mit dem Parlament in eine Pattsituation, die im Bürgerkrieg mündete – Royalisten gegen Parlamentarier, Engländer gegen Engländer.*

*Henrys Vorstellung, seinem König zu Hilfe zu eilen, zerplatzte jäh, als sich die Mehrheit der Marine auf die Seite der Gegner des Königs schlug.*

*Doch auch diese neue Sache sollte er für sich gewinnen. Der König suchte Autonomie auf Kosten der Rechte seiner Bürger; zudem hatte er eine römisch-katholische Französin geheiratet, Henrietta Maria, und viele fürchteten die Rückkehr zur alten Religion.*

*Die Lionheart patrouillierte an Englands Küsten, schützte Handelsrouten und versorgte parlamentarische Garnisonen. Zu Henrys Verdruss fand der Großteil der Kämpfe an Land statt.*

*Erst als er auf die Mary Rose versetzt wurde, erlebte er endlich Gefechte – und er brannte darauf.*

*Ende April 1644 wurde sein Kriegsschiff entsandt, um die Truppen des parlamentarischen Kommandeurs Robert Blake bei der Verteidigung der Garnison von Lyme Regis in Dorset zu unterstützen.*

*Die Mary Rose warf Anker, und Henry ruderte an Land, um mit dem Musketen gegen die angreifenden Royalisten unter Prinz Rupert zu kämpfen. Seite an Seite mit seinen Kameraden, kaum älter als er selbst, entdeckte er sein angeborenes Talent für Führung.*

*Als die äußeren Verteidigungen der Stadt durchbrochen wurden, übernahm Henry das Kommando über seine kleine Schar Seeleute, befestigte ein strategisches Gebäude und schlug einen heftigen Angriff der Royalisten zurück.*

*Als sich der Rauch verzogen hatte, war nur einer seiner Männer gefallen, während die feindlichen Soldaten tot und sterbend um sie lagen. Selbst Henry war überrascht von sich.*

*Sein Scharfsinn und Mut blieben nicht unbemerkt. Robert Blake suchte ihn nach dem Gefecht auf, um seinen entschlossenen Einsatz zu loben und den jungen Mann in seiner weiteren Marinekarriere zu unterstützen. Henrys anschließender Aufstieg durch die Ränge war meteorenhaft, stets begleitet von seinem einflussreichen Mentor.*

*Er entdeckte, dass er die Gefahr liebte und in der Not aufblühte. Je größer das Chaos, desto ruhiger sein Wesen.*

*Er führte von vorn und inspirierte seine Männer. Da er sich aus eigener Kraft nach oben gearbeitet hatte und nicht durch familiäre Verbindungen in den Offiziersstand geraten war, verstand er die Wünsche und Sorgen des einfachen Seemanns – und beurteilte deren Handeln entsprechend.*

*Der Name Henry Trevelyan wurde bald in den Reihen der Marine gerühmt, und Männer drängten sich darum, auf seinen Schiffen zu dienen.*

*Seine berühmteste Tat, von der man noch Jahre später sprach, ereignete sich in der Schlacht am Kentish Knock während des Holländischen Krieges 1652. Henry diente inzwischen als Leutnant an Bord der Vanguard, eines 64-Kanonen-Schiffs in den Diensten von Oliver Cromwells Commonwealth-Streitkräften unter dem Befehl seines alten Mentors Blake.*

*Die niederländischen und englischen Schiffe trafen in der Nordsee aufeinander, rund 20 Meilen östlich der Themsemündung. Obwohl die Niederländer zahlenmäßig leicht unterlegen waren, erwiesen sich die schwerfälligen englischen Schiffe bei den schwachen Winden als nahezu manövrierunfähig. Als die Kanonen zu donnern begannen, liefen zwei der besten Schiffe der Marine, darunter die Sovereign mit 90 Kanonen, auf eine Sandbank.*

*Während die niederländischen Kriegsschiffe näher rückten und der Sieg zu entgleiten drohte, meldete sich Henry freiwillig, ein brennendes Brandschiff mitten in die Reihen des Feindes zu steuern. Ein englisches Schiff zu opfern, um womöglich mehrere feindliche zu zerstören, war freilich ein Him-*

melfahrtskommando. Dennoch stellten sich ihm die Matrosen in Scharen zur Verfügung, und er wählte die zwei Dutzend zuverlässigsten aus.

Ein altes Handelsschiff war mit Unmengen an Öl, Schießpulver und Lumpen beladen worden, die im rechten Moment entzündet werden sollten. Zu früh – und die Segel des Brandschiffs wären verbrannt und sein Lauf gestoppt; zu spät – und das Ziel wäre vielleicht schon entflohen, bevor die Flammen übergriffen.

List und Tarnung waren entscheidend. Attrappen aus Holz ragten aus den Geschützpforten des Handelsschiffs, um es wie ein gewöhnliches Kriegsschiff erscheinen zu lassen. An beiden Seiten nahe dem Heck waren je ein „Sallyport" geschnitten worden, um der Besatzung die Flucht in Ruderboote zu ermöglichen, die sie hinter sich herzogen.

Der Kapitän der Vanguard versuchte, Henry von seinem Vorhaben abzuhalten. „Eure Männer sind besser bedient, wenn Ihr hier als Leutnant dieses Schiffs bleibt", sagte er, „statt ein waghalsiges Unterfangen zu beginnen, das nur in Eurem sicheren Tod enden kann."

Doch Henry ließ sich nicht abbringen – seines Vaters Worte klangen in seinen Ohren: „Tu, was du für richtig hältst, Sohn, und pfeif auf die Meinung der anderen."

Er bestieg mit seinen Männern das Brandschiff, verteilte die Getreuen auf ihre Posten: einige ans Ruder, andere ins Tauwerk, wieder andere an die wenigen einsatzfähigen Kanonen.

*Er selbst würde auf dem Achterdeck stehen, das Schiff mit gebrüllten Kommandos lenken – und die Lunte entzünden, die ihr Schiff in eine gewaltige, schwimmende Feuerkugel verwandelte.*

*Henry sah, wie sich ein Pulk niederländischer Kriegsschiffe auf die havarierte Sovereign zubewegte, deren Segel im schwachen Wind schlaff flatterten. Ringsum explodierten Geschosse, und eine aschgraue Rauchwolke hing schwer über der Szenerie.*

*Mit all seiner Erfahrung auf See, zurückreichend bis zu jenen ersten Fahrten mit seinem Vater an Bord der Anne's Hope, studierte Henry die Wolkenformationen und die Wellen.*

*„Ruder nach Steuerbord!", brüllte er den Männern unter sich zu, im Vertrauen auf das, was er inständig als Winddrehung hoffte. Jubel brandete auf, als sich ihr Brandschiff nach vorn warf, die Segel prächtig gebläht, die britische Flagge stolz am Bugspriet flatternd.*

*Ein Paar Fregatten begleiteten das Brandschiff und gaben ihre Salven ab. Die Niederländer, immer noch wirr dahintreibend, schossen zurück. Mehrfach schlugen Geschosse in Henrys Schiff ein, rissen Löcher in die Planken und schleuderten tödliche Splitter in alle Richtungen.*

*Als sie sich ihrer Beute näherten, drehten die begleitenden Fregatten mit nun günstigem Wind ab, und das Brandschiff war auf sich allein gestellt.*

*Als Henry bereits die Gesichter der feindlichen Matrosen erkennen konnte, verließ er seinen Posten und jagte die steilen,*

schmalen Holzstufen hinab zum Pulverlager auf dem Orlopdeck. Dabei rief er seinen Männern zu: „Zu den Sally-
ports!"

Unten, in dem dunklen und muffigen Raum, stand er
an der Zündschnur mit Flint und Stahl. Es kam ihm in
den Sinn, dass wohl Guy Fawkes genau so gefühlt haben
musste, als er vorhatte, das Parlament in die Luft zu jagen.
Und nun stand er, fast fünfzig Jahre später, hier – als
Parlamentarier kämpfend.

Während draußen weiter Explosionen grollten und das
Schiff bei jedem Treffer erbebte, stand für Henry die Zeit
still. Er hörte nichts als völlige Stille.

Der erste Funke zündete die ölgetränkten Lumpen nicht.
Auch der zweite nicht. „Zünd schon, du Narr! Zünd!",
fluchte er. Der dritte Funke schließlich entfachte mit einem
befriedigenden Whoomph.

Henry Trevelyan rannte um sein Leben, wie noch nie
zuvor. Jeder Muskel, jeder Sinn war gespannt auf jedes
Hindernis, jede Gefahr. Ein falscher Schritt, ein Sturz –
und alles wäre vorbei.

Als er den Sallyport erreichte, hörte er die Rufe seiner
Männer, die bereits in ihrem kleinen Fluchtboot warteten.

„Sir!"

„Mr Trevelyan, beeilen Sie sich!"

Kraftvoll, aber nicht panisch – genau, wie er sie ausge-
bildet hatte.

*Die Niederländer wurden in der Schlacht am Kentish Knock vernichtend geschlagen, und Henrys tollkühne Tat wurde als entscheidender Faktor genannt. Die Sovereign wurde gerettet, und die Engländer errangen den Sieg.*

*Cromwell selbst verlangte, den neuen Helden der Marine zu treffen, und überreichte ihm einen Beutel mit Goldmünzen.*

*Robert Blake beförderte Henry zum Kapitän und übergab ihm sein eigenes 80-Kanonen-Schiff: die Venturer.*

*Der Kornische hatte den Gipfel seiner Macht erreicht.*

# Chapter Seventeen

# Nachtflug

Die Inquisitoren zogen sich früh in ihre Gästezimmer im Ship zurück, lange bevor die Glocke der örtlichen Kirche die Neunte schlug. Beide mussten sich erst an die Intensität und den Druck ihrer neuen Rollen gewöhnen. Wenigstens war Jacob ein anständiger Lohn versprochen worden (auch wenn Mr Pepys bislang noch keinen Penny herausgerückt hatte). Abigail hingegen bezog immer noch ihren Hausmädchenlohn von einem Schilling die Woche! Bei Gelegenheit würde sie ihren Herrn deswegen ansprechen.

Zwei Treppen aus schäbigem Holz führten hinauf, und im obersten Stockwerk des Gasthauses lag ein unverkennbarer Geruch in der Luft. Waren es verschwitzte Füße? Modernde Strümpfe? Ungereinigte Bettwäsche? Verdorbener Fisch? Oder alles zusammen?

Obwohl der unablässige Lärm der Werftarbeiten nach Einbruch der Dunkelheit verstummte, herrschte in Deptford noch lange keine Stille. Die Seefahrer liebten ihre

Ausschweifungen, und die beiden Stockwerke zwischen Jacob und dem Schankraum unten reichten nicht aus, um den Lärm der Zecher zu dämpfen. Er glaubte sogar, Kittys Gesang zu hören, ebenso wie den stürmischen Applaus – als stünde sie direkt nebenan. *Wenn es doch so wäre*, dachte er.

Er schloss die Fensterläden, stellte seine Tasche ab und ließ sich schwer aufs Bett nieder… wenn man den mit altem Segeltuch ausgestopften Holzrahmen überhaupt als solches bezeichnen konnte. Die einzelne Kerze, die Arthur Hall ihm widerwillig überlassen hatte, warf flackerndes Licht in den Raum. Der Wirt hielt es nicht für nötig, viel Wert auf Dekor zu legen. Kein Spiegel, kein Tisch, kein Hocker, keine Wandbehänge. Nur ein Nachttopf in der Ecke.

Jacob zog seine abgewetzten braunen Lederschuhe aus und schwor sich, dass er sich bald ein modischeres Paar zulegen würde – die neuesten kleinen ovalen Schnallen hatten es ihm angetan –, sobald er denn endlich bezahlt würde. Dann zog er seinen Rock aus und legte ihn auf den schmutzigen Holzboden; er meinte, schmutziger könne er ohnehin nicht mehr werden. Darauf platzierte er Hut und Perücke.

Weste, Hemd und Kniehosen behielt er an. Die Nächte waren kalt geworden, und im Zimmer gab es keinen Kamin.

Im Nachsinnen über ihren ersten vollen Tag in Deptford war er zufrieden mit dem Erreichten. Wie Abby ihm nach ihrer ersten, holprigen Ermittlung in Sachen Mr Pepys' gestohlener Tagebücher versprochen hatte, wuchs er tatsächlich an Selbstvertrauen und Gelassenheit. Viel hatte er ihr zu verdanken – aber er beschloss, es nicht auszusprechen, um nicht zu aufdringlich zu wirken. Ihre Beziehung sei rein geschäftlich, versicherte er sich.

Es hatte Liebschaften in seiner Vergangenheit gegeben, doch keine hatte gehalten. *Ich scheine immer der zu sein, den man fallen lässt,* dachte er, *nicht der, der andere fallen lässt.* Als er die Hand hob, um seine Perücke zu richten, fiel ihm ein, dass er sie längst abgelegt hatte.

Jacob seufzte leise und legte sich hin. Seine Füße ragten über das Bettende hinaus, dessen Kante schmerzhaft in seine Knöchel drückte. Er zog die einzige graue Wolldecke über sich, blies die Kerze aus – und schlief augenblicklich tief und fest ein.


Jacob fuhr erschrocken aus dem Schlaf; das Zimmer war stockfinster, und alles war still. Benommen richtete er sich auf.

*Welche Stunde mag es sein?*, fragte er sich.

Kein Schimmer von Tageslicht drang durch die Spalten der wettergegerbten Fensterläden. Es fühlte sich an wie die frühen Morgenstunden.

*Warum aber bin ich erwacht?*

Blind tastete er mit der rechten Hand nach seiner Kerze, stieß sie an und hörte, wie sie über den Boden wegrollte.

„Gah!", murmelte er vor sich hin.

Er drehte sich, setzte die Füße auf den Boden – und spürte, wie er auf seinen Hut getreten war.

Plötzlich fühlte er etwas… reglos sitzend, lauschte er angestrengt, spitzte die Ohren. War da jemand im Zimmer? Hatte er nicht eben noch ein schwaches, gedämpftes Atmen vernommen?

„Ist da jemand?", fragte er leise.

Keine Antwort.

Jetzt, hellwach, kribbelte es ihm im Nacken. Trocken schluckend starrte er in die Dunkelheit, bemühte sich zu sehen.

„Ist da jemand?", fragte er erneut.

Nichts.

Jacob erhob sich und begann, mit ausgestreckten Armen vor sich her, zur gegenüberliegenden Wand zu tappen, die Dunkelheit tastend. Als er meinte, den Raum durchquert zu haben, stießen seine Hände auf etwas Festes… *Doch es war weder hölzern noch flach, wie eine Wand.*

*Das ist…* Er legte die zweite Hand dazu, um den seltsamen Widerstand zu ertasten.

*Das Material unter meinen Fingern… Leder? Es scheint kegelförmig…*

Seine Hände wanderten weiter und fühlten gebogene Lederbahnen, die etwas Solides umhüllten. *Und dort…?* Er klopfte auf die kalte, harte Fläche. *Das klingt wie… wie Glas.*

Die Erkenntnis überkam ihn wie eine eisige Welle. *Ich halte den Kopf des Pestdoktors.*

Bevor er reagieren konnte, wurde er mit Wucht zurückgestoßen und taumelte zu Boden. Sein Hinterkopf schlug hart auf das Holz, und sein Geist begann zu schwirren. Er hörte, wie die Tür aufgerissen wurde und Schritte davonstürzten.

Ein schmaler, warmer Lichtschein der Laternen draußen im Korridor fiel ins Zimmer, und endlich konnte Jacob sehen.

Ohne einen Augenblick zu zögern, sprang er auf und setzte seinem fliehenden Widersacher nach.

Die Treppe hinunterstürmend, kam er gerade in den schummrig beleuchteten Schankraum, als die dunkle, in einen Umhang gehüllte Gestalt des Pestdoktors die Haupttür zuschlug und hinausjagte. Die nahe Kirchenglocke schlug zweimal.

Ganz auf die Tür fixiert, bemerkte Jacob den umgekippten Schemel mitten im Raum nicht, den sein Gegner zurückgelassen hatte. Mit dem Fuß verfing er sich an einem der Holzbeine, stürzte gegen den nächsten

Tisch und schlug mit der Wange voraus auf. Ein Schrei des Schmerzes entrang sich ihm.

Den Schmerz ignorierend, riss er die Tür auf; im Augenwinkel bemerkte er ein Blatt Papier auf dem Boden neben dem Türrahmen. Hat der Pestdoktor das in seiner Hast fallen lassen?, fragte er sich. Doch wichtiger war, den Schurken zu stellen – er beschloss, es später aufzuheben, und setzte die Verfolgung fort.

Draußen im Dock warf der beinahe volle Mond ein helles, silbernes Licht und ließ aus den harmlosesten Gegenständen bedrohliche Schatten wachsen. Ein kalter Schauer überlief den Inquisitor, den er jedoch abschüttelte.

Die andere Welt umfängliche Stille wurde allein von den fliehenden Schritten des Pestdoktors durchbrochen. Jacob hörte sein Ziel, doch konnte er ihn nicht sehen. Die Schritte hallten wider, der Rhythmus ungleichmäßig, als habe der Verfolgte Mühe beim Laufen.

Verzweifelt blickte er umher, bis er den Mörder ausmachte, der auf das Great Storehouse zusteuerte, das im silbrigen Licht groß und düster vor ihm aufragte, etwa hundert Yard entfernt. „Halt, Schurke!", rief er.

Der Pestdoktor hielt inne, wandte sich um und richtete eine Pistole auf Jacob, der sich im selben Moment duckte, als der Schuss krachte. Als der Inquisitor wieder zu sich kam, war sein Gegner verschwunden.

Er setzte zum Sprint an, trat dabei auf einen scharfen Stein, jaulte auf, hüpfte und packte sich ans Fußgelenk. Da dämmerte ihm: Er war barfuß.

Zurücklaufen, um die Schuhe zu holen, kam nicht infrage – so setzte er die Verfolgung vorsichtiger fort und achtete peinlich genau auf den Boden vor sich. Doch er begriff: Seine Chancen, den Pestdoktor noch zu entlarven, schwanden zusehends.

Am Storehouse angekommen, verlangsamte Jacob sein Tempo. Der Boden ringsum bestand aus Bohlen, seine nackten Füße waren hier sicher, ja sogar von Vorteil, da er sich lautlos bewegen konnte. Da er den Pestdoktor nicht direkt durch eine der Türen hatte verschwinden sehen, ging er um die Ecke des gewaltigen Gebäudes.

Zwei Fensterreihen zogen sich an der Wand entlang, die über ihm aufragte. Er versuchte die erste Tür, an die er kam – und zu seiner Überraschung öffnete sie sich. *Hat der Pestdoktor dasselbe getan, nur wenige Augenblicke vor mir?*, fragte er sich.

Im Innern, beleuchtet von Wandlaternen, lag ein einziger großer Raum mit hoher Decke, vollgestopft mit aufgetürmten Marinevorräten und Ausrüstungsstücken aller Art. Jacob hielt inne und lauschte auf Bewegungen – doch hörte er nur das Huschen von Ratten und Mäusen.

Ohne Wahl begann er zu suchen, nahm eine Laterne von der Wand und schritt zwischen Reihen von Fässern und Kisten, die fast bis zu den Dachbalken reichten. Er passierte Holzstapel und aufgerollte Ketten, Bündel von Hanfseilen und Stapel von Segeltuch. Entlang der Wand auf Regalen lagen Navigationsinstrumente: Kompasse, Quadranten, Sanduhren, Astrolabien.

Er stieß auf Kisten mit Matrosenkleidung – Uniformröcke, Mützen, Strümpfe, Hemden, Westen, Unterhosen – und durchwühlte schließlich mit sinkender Hoffnung eine hohe Kiste mit Schuhwerk, in der vagen Hoffnung, sein Ziel könnte sich darin versteckt haben. Doch das Einzige, was Jacob darin entdeckte, war ein übergroßes Paar Stiefel, das kaum zu den Marineuniformen passen wollte.

*Der Pestdoktor könnte überall sein*, dachte er, *so zahlreich sind die Verstecke hier.*

Plötzlich hörte er ein Geräusch. Schritte näherten sich, hallten durch den gewaltigen Raum. *Ist das der Pestdoktor, der glaubt, er habe mich abgehängt und kehrt nun keck heim?*, fragte sich Jacob.

Sein Blick fiel auf eine Reihe von Kanonen vor ihm. Lautlos für einen Mann seiner Größe schlich er sich dorthin und duckte sich hinter eine der größten Geschütze. Dort wartete er, während die Schritte um eine Ecke bogen und näherkamen.

Hinter einem dicken hölzernen Lafettenrad hervorlugend, sah er das Licht einer nahenden Laterne auf der

Wand vor ihm tanzen. Jacob hielt den Atem an. Er spürte sein Herz in der Brust hämmern, seine Schläfen pochten.

Als das Laternenlicht auf seiner Höhe war, sprang Jacob aus seinem Versteck. In dem Moment, als er auf den Mann zustürzte, den er zu Boden reißen wollte, wurde ihm bewusst, dass dieser keine Pestdoktortracht trug. Stattdessen war er ein untersetzter, grimmiger Geselle in einem schweren Wollmantel, der einen Krummsäbel trug.

Es dauerte mehrere Minuten, ehe der Nachtwächter Jacobs Geschichte glaubte – nachdem er ihn erst einmal niedergerungen und ihm den Säbel an die Kehle gesetzt hatte. Zum Glück hatte sich die Kunde von den Untaten des Pestdoktors bereits im Dockyard herumgesprochen, was Jacobs hastigen Worten Glaubwürdigkeit verlieh.

„Kurz bevor ich Euch gestellt habe, hörte ich auf der anderen Seite des Storehouse von meinem Büro aus Schritte", erzählte der Nachtwächter. „Als ich rief, wurden sie still. Als ich nachsah, sah ich eine schwarzgekleidete Gestalt…"

„Der Pestdoktor!", rief Jacob.

„Nein!", entgegnete der Wächter mit offenem Mund. „Das kam mir gar nicht in den Sinn. *Der Pestdoktor war hier?*"

„Ja, Sir. Wohin ging er?"

„Ich sah nur noch seinen Rücken, wie er durch jene Tür verschwand." Er deutete, ging zu der Tür und öffnete sie, lugte hinaus. „Ich nahm die Verfolgung auf, doch er war zu schnell."

„Wohin lief er?"

„Hinüber zu den Feldern dort draußen. Ich konnte meinen Posten nicht aufgeben, also kehrte ich zurück und suchte hier nach einem Komplizen. Nicht lang danach hörte ich Euch hier zwischen den Vorräten rascheln. Was für eine Nacht! Wartet nur, bis meine Frau das hört – dass ich den Pestdoktor gesehen habe!"

Schweren Herzens kehrte Jacob zur Ship zurück. Seine Chance, den Verbrecher zu entlarven und den Fall im Alleingang zu lösen, war ihm durch die Finger geglitten.

Als er die Tür des Gasthauses öffnete, zuckte er zusammen. Arthur Hall saß da, offenbar wartend. Nur mit einem Nachthemd bekleidet, wirkte der Wirt verschwitzt und verwahrlost.

„Ihr habt mich erschreckt", sagte Jacob und trat ein.

„Gut", erwiderte Hall mit einem schiefen Grinsen. Er hielt ihm ein Blatt Papier hin. „Etwas verloren?"

Jacob überprüfte: Das Blatt, das er zuvor bemerkt hatte, war verschwunden – also musste es das sein.

Als er danach greifen wollte, zog der Wirt es zurück. „Was bedeutet das?", fragte er.

„Ich habe keine Ahnung", entgegnete Jacob, „da ich es noch nicht gelesen habe."

„Hmm", brummte Hall und reichte es ihm.

Es war eine handgeschriebene Notiz, zweimal gefaltet, auf der stand:


H

*Unser Freund des Wächters der königlichen Flotte weilt im Wagen des Neptune. Bitte um Besuch der Krähe zur Mitternachtswache.*


Der Inquisitor war sich sicher, dass ihm die Handschrift bekannt vorkam.

# Chapter Eighteen

# Tief unten

Als Arthur Hall durch die Hintertür verschwand, machte sich Jacob auf den Weg hinauf in seine Kammer. Als er hörte, wie Halls Tür ins Schloss fiel, blieb er stehen. Kitty Blake hatte ihnen erzählt, er bewahre eine Waffe in einer Eichenkiste auf einem Regal hinter dem Tresen auf; Abby hatte laut überlegt, ob es sich vielleicht um eine Steinschlosspistole handele, die bevorzugte Waffe des Pestdoktors.

*Hier ist meine Gelegenheit, es herauszufinden*, dachte er bei sich.

Die Schenke war unnatürlich still.

Barfuß schlich Jacob so leise wie möglich für einen Mann seiner Statur zu Halls angestammtem Platz. Das Regal, auf Schulterhöhe des Inquisitors, war mit Bechern und Krügen gefüllt, vier Gefäße tief, doch von einer Eichenkiste keine Spur. Hatte Kitty gelogen?

Dann, als er einen der vorderen Krüge anhob, sah er sie: die Kiste. Eine Reihe Krüge hatte sie dem Blick entzogen. Jacob nahm die lange, abgenutzte Kiste vorsichtig herunter und legte sie auf den Tresen.

Darin fand er eine Steinschlosspistole.

Er nahm sie auf und schnupperte am Schloss. Der schwächste Hauch von Schwarzpulver lag noch daran, was darauf hindeutete, dass sie einmal abgefeuert worden war, wenn auch nicht kürzlich. Er würde Abby davon berichten, sobald sie wach war.

Er legte die Kiste zurück und schob sie wieder hinter die Krüge, so wie er sie vorgefunden hatte. Da vernahm er das dumpfe Geräusch von Schnarchen. Unverkennbar: der Wirt war in tiefen Schlaf gefallen.

Diese Gelegenheit wollte sich Jacob nicht entgehen lassen.

Er öffnete die Hintertür sehr behutsam und fand sich in einer Küche wieder, mit einem großen Kamin. Es roch nach Hopfen, Moder und alten Mahlzeiten, und der Raum war vollgestellt mit Fässern, Kisten, Töpfen und Pfannen, schwach erleuchtet von einer Öllampe an der Wand. Es gab eine Tür gegenüber, in der Richtung des Schnarchens, und eine weitere zu seiner Rechten.

Um den Wirt nicht zu wecken, wählte er die letztere.

Mit der Lampe in der Hand stieg er eine steile Holztreppe hinab. Je tiefer er kam, desto kälter und feuchter wurde es. Das Geräusch seines angestrengten Atems und das immer leisere Schnarchen hallten ihm in den Ohren. Jacob spürte, wie seine Hand zitterte, und hielt inne, um sich zu sammeln.

Am Fuß der Treppe, tiefer unter dem Erdgeschoss, als er erwartet hatte, stand der Inquisitor vor einer weiteren Tür. Er lauschte angestrengt, doch aus dem Inneren drang kein Laut. Sicherlich nur ein leerer Keller, dachte er bei sich.

Da irrte er sich gewaltig.

Als die schwere Eichentür knarrend aufschwang, stand Jacob vor einem Raum mit Tischen und Hockern, am anderen Ende ein Tresen, auf dem kleine, angezapfte Fässer standen. Der Raum roch nach abgestandenem Bier, Feuchtigkeit und altem Schweiß. Wasser tropfte von der Holzdecke.

An einer Wand prangte in großen weißen Lettern ein Spruch:

WIRF DIE WÜRFEL
TÖTE ODER STIRB

Jacobs Mund stand offen. Er hatte ein verstecktes Spielcasino tief unter der Schenke entdeckt.

Langsam trat der Inquisitor in den Raum und hob die Lampe, um mehr zu sehen. Die Tische waren wacklig und fleckig, mit morschen Beinen, übersät mit Würfeln und Karten. In einigen Tischplatten waren Kerben von Messern, und Jacob fragte sich, welche trunkenen

Gewalttaten hier wohl zwischen Seefahrern verübt worden waren, die um ihren Wochenlohn gewürfelt hatten.

Als er hinter den Tresen trat, fand er ein schmales Regal darin eingelassen. Zwischen Zinnkrügen und Kartenpäckchen entdeckte er ein kleines Buch, dessen Seiten dick und verzogen waren. Als er es aufschlug, fand er auf der letzten Seite eine Liste von Spielschulden:

*Ratte schuldet Quartiermeister £2 6s 3d*
*Ente schuldet Rabe £12 4s 2d*
*Eber schuldet Sau £5 8s 6d*

„Es ist verschlüsselt, Herr Standish. Ihr werdet seinen Inhalt nicht verstehen. Legt es besser zurück, wo Ihr es gefunden habt."

Erschrocken ließ Jacob das Buch fallen.

Arthur Hall stand im Türrahmen, in Schatten gehüllt, die Steinschlosspistole auf den Inquisitor gerichtet.

„Wollt Ihr nicht Platz nehmen?", sagte er.

Als hätte Jacob eine Wahl.

Sein Kopf arbeitete fieberhaft, während er abwartete, wie Arthur zwei Bier einschenkte, die Krüge auf den Tisch stellte und sich ihm gegenüber setzte. Wenn er jetzt flöhe, würde er die steile Treppe nie lebend hinaufkommen. Konnte er ihn überwältigen? Der Wirt war wie eine Festung gebaut – und bewaffnet.

*Was, wenn …?*

„Lasst uns ein Spiel spielen", sagte Arthur, seine kalten braunen Augen bohrten sich in Jacobs. Er trug einen dicken Wollrock über dem Nachtgewand; die Pistole in seiner riesigen Faust wirkte fast zierlich.

Auf dem Tisch lagen zwei Würfel. Arthur nahm sie auf und deutete auf die Wand.

„Seht Ihr den Spruch, nach dem wir hier leben, Herr Standish?"

Jacob las ihn noch einmal:

WIRF DIE WÜRFEL
TÖTE ODER STIRB

„Ich bin der persönliche Inquisitor des Clerk of the Acts der Marine", erwiderte Jacob steif. „Es wäre unklug, Euch mit mir anzulegen." Er hörte selbst, wie seine Stimme zitterte.

Arthur schmunzelte. „Ich weiß wohl, wer Ihr seid, Jacob Standish. Ein gescheiterter Zahlmeister mit Größenwahn."

Dann beugte er sich vor. „Die Regeln sind einfach. Ihr würfelt. Dann ich. Ist Eure Zahl höher – lebt Ihr. Ist sie niedriger …" Er schnalzte mit der Zunge und schüttelte den Kopf.

„Sir, das ist …" begann Jacob zu protestieren.

Hall knallte die Würfel vor ihn.

„Würfelt", befahl er, die Pistole nun direkt zwischen Jacobs Augen gerichtet. „Oder Ihr sterbt trotzdem."

Jacob starrte auf die Würfel: zwei glatte Holzwürfel, die Augen tief eingebrannt. So wie sie da lagen – eine Vier und eine Sechs – schätzte er, dass er gute Chancen hätte.

„Darf ich diese Zahl behalten?", fragte er leise.

Arthurs Lachen war tief und höhlend. „Würfelt, Standish. Letzte Chance."

Jacobs Hand zitterte, als er die Würfel aufnahm. Mit geschlossenen Augen warf er – doch beide Würfel hüpften über den Tischrand und fielen zu Boden.

Hall schlug mit der Faust auf den Tisch. „Spielt keine Spielchen mit mir, Narr", knurrte er und fuchtelte mit der Pistole.

Jacob schwieg weise und würfelte erneut. Den Atem anhaltend, sah er die eine Fünf … und dann die Eins. Sechs. Von zwölf. Seine Augen verdunkelten sich.

Arthur hob die Würfel auf, seine schmalen Lippen verzogen sich zu einem Wolfsgrinsen, und er warf.

Jacobs Herz hämmerte, als die Würfel über den Tisch rollten, und sein Magen krampfte. Als sie liegen blieben, musste er zweimal hinsehen. Eine Zwei … und eine Drei. *Fünf.*

Selbst mit seiner schwachen Kopfrechenkunst wusste er: Er hatte gewonnen.

Wortlos erhob sich Arthur und verließ den Raum.

Jacob sackte nach vorn und vergrub den Kopf in den Armen.

# Chapter Nineteen

# Der Morgen danach

Jacob beschloss, Abby nicht zu wecken, obwohl es ihm in den Fingern juckte. Er wusste, dass ihr scharfer Verstand ihnen besser diente, wenn sie ausgeschlafen war. Doch selbst konnte er nicht schlafen; die Ereignisse der Nacht wirbelten ihm unablässig durch den Kopf, und so klopfte er ungeduldig an ihre Tür, kaum dass die Kirchenglocke zum ersten Mal fünf schlug.

„Jacob?", fragte Abby heiser und befeuchtete ihre aufgesprungenen Lippen mit der Zunge.

Im nächsten Moment flogen ihre Fensterläden auf, und Jacob ließ sich am Fußende ihres Bettes nieder – genau auf ihren Fuß.

„Aua!", rief sie. „Was willst du?"

„Ich habe dir so viel zu erzählen", sagte er atemlos, „ich weiß gar nicht, wo ich anfangen soll."

Noch ehe sie protestieren konnte, zerrte er sie aus dem Bett hinaus in den düsteren Flur.

„Schau", sagte er und zeigte auf seine Tür.

Schlaftrunken rieb sich Abby die Augen – und keuchte.

Auf Jacobs Tür war in schwarzer Farbe ein großes Kreuz gemalt und darunter die Worte:

GOTT HABE ERBARMEN MIT IHM

Der Schankraum war bereits voller Dockarbeiter beim Frühstück. Zu Jacobs großer Erleichterung war von Arthur Hall nichts zu sehen. Stattdessen stand an seinem gewohnten Platz hinter dem Tresen eine untersetzte alte Frau mit Buckel, scharfen Augen und silbergrauem Haar, das zu einem Knoten gebunden war. Sie leckte sich den Daumen und wischte damit einen Fleck von einem Löffel.

Jacob schilderte seiner Mitinquisitorin alles, was geschehen war, so ausführlich er nur konnte. Als er von seiner Begegnung mit dem Wirt berichtete, schüttelte sie ungläubig den Kopf.

„Den müssen wir verhaften lassen", sagte sie entschieden.

„Weswegen?", entgegnete er. „Es steht doch nur mein Wort gegen seines."

„Du bist der persönliche Inqui…"

„Ja, genau das sagte ich ihm auch", unterbrach er. „Es beeindruckte ihn nicht."

„Aber…“

„Nein“, sagte Jacob und legte seine Hand auf ihre über dem Tisch. „Ich kenne diese Dockleute. Es weiter zu verfolgen wäre töricht. Ich bitte dich, erwähne es nicht noch einmal.“

Seine Augen flehten sie an, und sie seufzte. „Meinetwegen, Jacob.“

Er zog seine Hand zurück. „Gut“, sagte er und lächelte. „Nun lasst uns diesen Pestdoktor fassen.“

„Zeig mir den Zettel, den er fallen ließ.“

Er reichte ihn ihr. „Erkennst du die Handschrift?“

Sie studierte die Schrift. „Ich könnte es nicht mit Gewissheit sagen, aber sie erinnert mich an …“

„… die Beschriftungen im Pestmuseum von Lydia Mercer?“

„Wir sollten noch einmal dorthin, um sicher zu sein.“

„Oder die Frau direkt zur Rede stellen.“ Er nahm den Zettel zurück. „Was könnte es bedeuten? Wer ist der ‚H‘, an den er gerichtet ist?“

„Hugo Hedges? Arthur Hall?“ überlegte Abby. „Du sagst, Hall wartete hier auf dich, als du vom Großen Lagerhaus zurückkamst?“

„Ja, und schweißgebadet war er.“

„Du glaubst also, er könnte der Pestdoktor gewesen sein, der vor dir zurückgekehrt ist?“

„Ich sehe keinen anderen Grund, mitten in der Nacht so zu schwitzen.“

Abby wollte gerade etwas erwidern, als die neue Schankfrau sie unterbrach. Sie stand neben ihrem Tisch und tippte ungeduldig mit dem Fuß. Breit wie hoch – Jacob schätzte etwa fünf Fuß – strahlte sie eine unverkennbare Bedrohlichkeit aus, für eine so alte und angeblich zartere Dame.

Abby dachte bei sich, diese Frau könnte sich auch unter den Raufbolden des Ships durchsetzen, und ihre kantigen Züge kamen ihr bekannt vor. „Sind Sie…?"

„Ja, ich bin Arthurs Mutter", knurrte die Alte. „Wollt Ihr was draus machen?"

Die Inquisitoren beeilten sich zu versichern, dass sie nichts wollten, was die Frau offenbar besänftigte.

„Frühstück ist Haferbrei", bellte sie.

„Mit Honig?", fragte Jacob hoffnungsvoll.

Mistress Hall drehte sich zum Gehen, während sie brutal Wind entwich. „Pflaumen", erwiderte sie.


Erschüttert kehrten Abby und Jacob zu ihren Überlegungen zurück.

Er stupste auf den Zettel. „Diesen Teil, glaube ich, verstehe ich", sagte er. „Zur Mitternachtswache' ist ein seemännischer Ausdruck. Er bezeichnet die Schicht des Wächters an Bord zwischen Mitternacht und vier Uhr."

„Du bist dem Pestdoktor um welche Stunde begegnet?"

„Die Kirchenglocke schlug kurz danach zwei."

Sie schlug mit der flachen Hand auf den Tisch. „Dieser Zettel hat ihn herbeigerufen, Jacob! ‚Bitte um Besuch der Krähe…‘ Eine Krähe ist schwarz und mit dem Tod verbunden. Das ist der Pestdoktor, der zwischen Mitternacht und vier kommt!"

„Dann ist ‚Neptuns Wagen‘ ein Schiff! Mehr noch: *The Ship!*"

„Bleibt nur noch…"

Mistress Hall knallte Jacobs Haferbrei derart heftig auf den Tisch, dass er wie ein Vulkan ausbrach und ein Klumpen ihm auf die Nasenspitze klatschte. Er schielte darauf, dann zu der Mutter des Wirts. Diese hielt seinem Blick stand, beugte sich vor, pickte den Klumpen ab – und aß ihn.

„Zufrieden?", fragte sie schneidend.

„Die Frau hat keinerlei echtes Interesse an meinem Wohlergehen", zischte Jacob, als sie fort war.

Abby hingegen war vertieft in das Entziffern des letzten Teils der Nachricht:

„Unser Freund vom Wächter der königlichen Flotte."

„Was, wenn der Wächter der Flotte Mr Pepys ist – und sein Freund du?" rief sie plötzlich.

Einige dunkelhäutige Männer in der Nähe starrten sie an. Abby schenkte dem nächststehenden, dem ein halbes Ohr fehlte, ein mildes Lächeln und wandte sich dann in gesenktem Ton wieder Jacob zu.

„Wir haben es, Jacob. Wer auch immer diesen Zettel schrieb…"

„Lydia Mercer."

„…wer auch immer ihn schrieb, verlangte, dass der Pestdoktor, dessen Name mit H beginnt, dich in diesem Gasthaus zwischen Mitternacht und vier Uhr aufsuchte."

Jacob nickte nachdrücklich.

Doch Abby war noch nicht fertig. „Aber warum hat er dir dann nichts angetan?"

Die Inquisitoren grübelten weiter über die Identität des mysteriösen „H". Sowohl Hedges als auch Hall hätten guten Grund gehabt, Drake und Wilkes tot zu sehen; jedoch wusste letzterer genau, dass Jacob in The Ship wohnte. Sicherlich, gab Abby zu bedenken, hätte auch Hedges das gewusst, in dieser eng gestrickten Gemeinde, in der zweifellos schon viel über die Fremden getratscht wurde?

Es blieb ein Mörder, den sie noch nicht kannten – der die Gelegenheit zum Mord ausgeschlagen hatte.

Sie schmiedeten einen Plan. Am dringendsten war, Lydia mit dem Zettel zu konfrontieren, um festzustellen, ob er tatsächlich aus ihrer Hand stammte. Da war auch noch die merkwürdige Sache mit den Symbolen hinter den Ohren von Kitty Blake und Arthur Bradshaw – vorausgesetzt, Jacob hatte sich nicht geirrt. (Er versicherte ihr, dass er sich nicht geirrt hatte.)

Als sie sich gerade anschickten zu gehen, erschien Arthur Hall im Türrahmen hinter dem Tresen, ließ den Blick durch den Raum schweifen, erblickte die Inquisitoren – und wandte sich hastig ab, während er eine Gestalt hinter sich fortzerrte. Zu spät: Jacob hatte bereits den Schimmer eines juwelenbesetzten Kopftuchs bemerkt und trat Abby unterm Tisch gegen das Schienbein. „Kitty Blake war bei Hall!", zischte er.

„Letzte Nacht?"

„Ich würde es wetten, wenn sie zu so früher Stunde zusammen gesehen werden."

„Kitty und Arthur – romantisch verstrickt?", sinnierte Abby, während sie eine lange Strähne ihres roten Haars um den Finger drehte.

# Chapter Twenty

# Frischfleisch

Jacob zupfte an Abbys Ärmel. „Versprich mir, dass wir niemals wieder im The Ship frühstücken", drängte er sie. „Halls Mutter ist verrückt."

„Ich mag sie irgendwie", erwiderte Abby. „Sie weiß, was sie will."

Sie waren auf dem Weg zum Marktplatz und zum Schiffszubehörladen Mercer & Sons. Als sie am Ende von Robert Drakes Straße vorbeikamen, schlug Abby vor, einen Abstecher zu machen und dem Zahlmeister einen Besuch abzustatten, da sie ohnehin so nah waren. „Wir haben ihn seit dem Anschlag auf sein Leben nicht gesehen", gab sie zu bedenken.

Der Regen des Vortags war zurückgekehrt; selbst die Möwen schwiegen und suchten Zuflucht in den Dachtraufen der Werftgebäude. Kein Unwetter konnte den unermüdlichen Fleiß der Schiffsbauer aufhalten, und doch stellten Abby und Jacob fest, dass ihre Ohren sich allmählich an den ständigen Lärm gewöhnten, so wie sie auch den Trubel Londons auszublenden wussten.

Als sie kurz darauf Drakes Haus erreichten, klopfte Jacob. Niemand antwortete, und auch von innen war kein Laut zu hören.

Er klopfte erneut, lauter.

Die Tür des Nachbarhauses öffnete sich, und eine junge Frau trat heraus. „Sie sind fort", sagte sie.

Jacob nahm seinen Hut ab. „Fort?"

„Ja. Nachdem dieser Pestdoktor auf ihn geschossen und den armen Mr Catchpole getötet hat. Er hat seine Frau genommen und ist fort."

„Wissen Sie, wohin?", fragte Abby.

„Zu seinem Vater, wie man mir sagte. Irgendwo in der Stadt."

Es war ein frustrierender Morgen.


Der Markt wirkte im Wind und Regen wie ein recht trostloser Anblick. Händler mit offenen Ständen hatten Planen gespannt, und die Menge der Käufer trug einen bunten Flickenteppich an Schutzkleidung von höchst unterschiedlicher Wirksamkeit: Kapuzenumhänge aus Wolle, breitkrempige Hüte und gewachste Mäntel.

Aber, oh, die verlockenden Düfte waren noch immer so gut. Der hefige Duft frisch gebackenen Brotes; eine exotische Note importierter Gewürze; die Frische frisch geschnittener Kräuter.

„Wollen wir uns eine Pastete holen?", fragte Jacob, obwohl sie erst kürzlich gegessen hatten.

„Nein, Mr Standish!", schalt ihn Abby. „Unsere Zeit ist kostbar."

Lydia Mercer bediente in ihrem Schiffszubehörladen und senkte den Kopf, als die Inquisitoren eintraten. „Was wollt ihr jetzt schon wieder?", fragte sie, der Ton schwer vor Verdruss.

Jacob schob ihr den Zettel über den Tresen. „Habt Ihr das geschrieben?"

„Nein", sagte sie, ohne hinzusehen, und schob ihn zurück.

„Bitte seht ihn Euch an, Lydia", bat Abby.

Die Neugier siegte, und die Schiffszubehörhändlerin griff nach dem Zettel. Als sie ihn las, verdunkelte sich ihr Gesichtsausdruck.

„Was ist?", fragte Abby.

Lydia starrte das Papier ungläubig an. „Was ist das für eine Schurkerei?"

„Wie meint Ihr das?", fragte Abby.

„Ich habe das nicht geschrieben, und doch ist es meine Handschrift."

Jacob schnaubte.

„Ich schwöre es!", rief Lydia und bekreuzigte sich. „Dieser Zettel ist eine Fälschung!"

Jacob schüttelte den Kopf, verächtlich. „Eine faule Ausrede! Wie soll das denn möglich sein?"

Verlegen studierte die Schiffszubehörhändlerin die Handschrift, als könne sie ihr die Antwort liefern. „Was, wenn … Was, wenn der Fälscher die Etiketten aus meinem Pestmuseum kopiert hat? Jeder Buchstabe des Alphabets steht dort, in meiner eigenen Hand geschrieben …"

„Und wer ist dann dieser ‚H'?", fragte Abby. „Wenn der Fälscher …", sie ignorierte Jacobs lautes Schnauben, „… sich solche Mühe mit der Handschrift gegeben hat, nehme ich an, er weiß, dass Ihr diesen ‚H' kennt."

Lydia kniff nachdenklich ihre Unterlippe. „Hugo Hedges?"

„Nein", entgegnete Abby. „Er wusste doch sicher, dass Jacob im Ship übernachtete. Dieser ‚H' ist, so glauben wir, jemand, der nichts von unserer Anwesenheit hier in Deptford weiß, Euch aber einmal begegnet ist."

Ein finsterer Ausdruck huschte über Lydia Mercers abgezehrtes Gesicht. „Er kann es nicht sein", murmelte sie zu sich selbst.

„Wer kann es nicht sein?", hakte Abby nach.

Lydia bekreuzigte sich. „Der Teufel selbst."

„Wer?", drängte Jacob nun, hellwach.

Die Adern in Lydias Augen traten rot hervor. „Henry Trevelyan."

Die Inquisitoren sahen einander ratlos an. Diesen Namen hatten sie noch nie gehört.

„Wer ist dieser Trevelyan?", fragte Abby.

Lydia war wie benommen. „Ein Marineoffizier. Es war der Mann, den ich behandelte, als ich Pestdoktor war", sagte sie leise, während sie den Moment noch einmal erlebte. „Derjenige, der mir die Amputation durch den Quacksalber anlastet. Wenn er hier in Deptford auf freiem Fuß ist, dann ist mein Leben in Gefahr. Ich hätte ihm niemals einen solchen Zettel geschrieben."

Mit sanftem Nachhaken gelang es den Inquisitoren, ihr die ganze Geschichte zu entlocken.

Nach Trevelyans Amputation, gegen die sie sich ausgesprochen hatte, hing sein Leben, wie Lydia erklärte, an einem seidenen Faden. „Insgeheim hoffte ich, er würde sterben, weil ich sicher war, dass er mir seine Entstellung anlasten würde", sagte sie. „Und doch war ich verpflichtet, den Kranken beizustehen, und so pflegte ich ihn weiter. Bis er wieder bei Bewusstsein war. Dann floh ich."

Sie habe sich verstecken müssen, erklärte Lydia, sowohl vor Trevelyan als auch vor der übrigen Dockbevölkerung, nachdem man sie als unqualifizierte Frau enttarnt hatte, die die Kranken der Leute behandelte.

Dann habe sie Glück gehabt. „Ich erfuhr, dass Trevelyan auf der Flucht vor dem Admiralty war. Jemand muss sie gewarnt haben, denn eines Nachts entdeckten sie sein Versteck und verhafteten ihn. Als er im Gefängnis saß, atmete ich auf." Sie zögerte. „Doch dieser Zettel beunruhigt mich. Ist er jetzt zurückgekehrt, um Rache zu nehmen?"

„Habt Ihr die Admiralty gewarnt?", fragte Jacob.

Lydia schüttelte heftig den Kopf. „Das hätte ich nie gewagt. Und nötig hatte ich es auch nicht. Ein Mann macht sich viele Feinde, wenn er auf engem Raum zur See fährt."

# Chapter Twenty-One

# Der Weg ins Verderben

*Henry Trevelyan war hocherfreut, als sich der Krieg gegen die Niederlande nach seinen gefeierten Heldentaten in der Schlacht von Kentish Knock noch zwei Jahre hinzog. Als frisch beförderter Kapitän des Venturer leistete er seinen Beitrag zu einer Reihe von berühmten Gefechten, insbesondere zur Schlacht von Portland, in der sein alter Mentor Robert Blake schwer verwundet wurde, jedoch überlebte.*

*Der Krieg gipfelte im Sommer 1653 in der Schlacht von Scheveningen. Dort, vor der Küste Hollands, fanden 2.000 Niederländer den Tod, darunter ihr Oberbefehlshaber Maarten Tromp, und ihre demoralisierte Flotte wurde in die Flucht geschlagen. Der Venturer war nur eines der Schiffe, die die Verfolgung aufnahmen.*

*Trotz des Stolzes, den Henry empfand, für sein Land zu kämpfen – und natürlich zu siegen – gelang es ihm nicht, die Anerkennung zu erringen, nach der er sich sehnte. Kapitän zu sein, ein Rang, von dem er geträumt hatte, seit er in die Marine eingetreten war, bedeutete zu viel Verantwortung. Er konnte ja schlecht sein eigenes Schiff verlassen, um sich kopfüber in irgendeinen tollkühnen, aber letztlich brillanten Gegenangriff zu stürzen.*

*Er stellte auch fest, dass die Männer ihm nun aus dem Weg gingen. Als Leutnant war er einer von ihnen gewesen: jemand, zu dem man aufblickte, und doch auf ihrer Seite. Ein Anführer und Kamerad. Als Kapitän hingegen bekleidete er eine weitaus höhere Stellung, eine, die die unteren Ränge respektierten – und fürchteten.*

*Es gab noch andere Probleme. Die Männer, die er kommandieren sollte, waren ein zusammengewürfelter Haufen. Viele waren in England von Presstrupps zwangsrekrutiert worden, von Leuten, denen ihre Eignung völlig gleichgültig war, solange sie nur die Zahl der Köpfe aufstockten. Wie sollte er aus einem Schreiber mit dem Mut eines Kindes einen seetüchtigen Mann der Tat formen?*

*Und dann war da noch der Sold. Für seine Zeit zur See war ihm ein monatlicher Lohn von 16 Pfund zugesagt worden. Manchmal wurde er bezahlt, manchmal gab es nur Ausflüchte. Henry hatte sich, seinem Rang entsprechend, einen teuren Geschmack zugelegt: Möbel aus edlen Hölzern, Gold- und Silberschmuck, erlesene Weine, Tabak von höchster Qualität … Wie sollte er sich all diesen wohlverdienten Luxus leisten, wenn ihm die Marine kein Geld auszahlte?*

*Und so wurde er missmutig.*

*Als König Karl 1662 die portugiesische Prinzessin Katharina von Braganza heiratete, war ein Teil ihrer Mitgift der Hafen von Tanger, damals von Portugal besetzt. Schiffe der Royal Navy mussten Männer und Vorräte in den neuen Vorposten bringen, und Henry meldete den Venturer sofort zur Flotte.* Endlich, *so dachte er,* eine Gelegenheit, aus diesem Trott auszubrechen – im Namen der Rache.

*Er dachte dabei nur an seinen Vater Thomas, der all die Jahre zuvor von Korsaren entführt worden war. Korsaren – von der Barbareskenküste, zu der auch Marokko gehörte, das Mutterland von Tanger.*

*Er wusste nicht, ob die Korsaren, die er so glühend suchte, tatsächlich aus Algier, Tunis oder Tripolis stammten, anderswo an der Barbareskenküste. Alles, was für ihn zählte, war endlich handeln zu können. Er wollte jene Feiglinge aufspüren, die im Rudel gejagt und den einsamen kornischen Fischer gefangen genommen hatten, ohne Rücksicht auf dessen Sohn. Er wollte sie bestrafen und seinen Vater retten.*

*Doch es kam anders.*

*All Henry Trevelyans kühne Prahlerei wurde zur harten Realität, als der Venturer an der nordafrikanischen Küste vorbeisegelte. Das Gebiet, von dem aus die Korsaren operierten, war riesig. Er begriff schnell, dass er keine Chance hatte, die Verantwortlichen für die Entführung ausfindig zu machen – und noch weniger, seinen Vater zu finden. Es war ein aussichtsloses Unterfangen.*

*Was ihn nicht davon abhielt, es zu versuchen.*

*All seine Hoffnungen darauf setzend, dass sein Vater nach Tanger verschleppt worden war, durchstreifte Henry die Stadt. Er zog über die Märkte, durch Bars, Straßen und die Kasbah. Er freundete sich mit englischen Kaufleuten an, die Kaperschiffe aufgebracht hatten. Er suchte Kontakte unter den Einheimischen, fragte nach dem breitschultrigen Kornischen mit den grünen Augen und dem sandfarbenen Haar – sein Ebenbild –, der vor etwa dreißig Jahren in Nordafrika versklavt worden war.*

*Man begegnete ihm nur mit leeren Blicken. Henry fand nie eine Spur seines Vaters. Aber er fand Katharina Al-Yazid, und sie verzauberte ihn.*


*Henry hatte nie geheiratet. Das Meer war seine Geliebte; es steckte in seinen Knochen. Selbst als der Glanz seiner Karriere bei der Marine zu schwinden begann, fand er immer noch Kraft und Sinn in einem Leben auf See. Wenn die Stürme kamen und die Venturer wie Gottes eigenes Spielzeug herumgeschleudert wurde, wenn es schien, als müssten alle an Bord zugrunde gehen – dann lebte er auf.*

*Katharina änderte das alles. Diese Augen. Wenn er in sie blickte, war er hingerissen, entrückt in ferne Länder, begleitet vom Gesang der Sirenen. Wenn er in ihre Arme sank, verschmolz er mit ihrer glatten, goldenen Haut und wurde eins mit ihr, verloren in einer Welt, die ebenso gut der Himmel hätte sein können. Er verliebte sich rettungslos.*

*Und sie war kein Dummkopf. Als Henry bei ihr über seine unregelmäßige Bezahlung klagte, war sie es, die ihm das Nebengeschäft mit dem Schmuggel vorschlug. Ein Fass wertvoller Schmuggelware, hier und da unter den Hunderten anderen an Bord der Venturer? Was konnte das schon schaden? Er hatte es sich verdient.*

*Katharina stellte für ihn den unausgesprochenen Schmuggelvertrag auf, nutzte ihre Kontakte in Tanger, und der Plan funktionierte. Ein Anteil für sie, der Rest für ihn und seine Komplizen. Leicht verdientes Geld, weit mehr, als die Marine zahlte. Danach sorgte er dafür, dass die Venturer immer das erste Schiff war, das seine Auftraggeber riefen, wenn eine Fahrt nach Tanger anstand.*

*Doch eines Tages im späten Frühjahr 1665, als er wieder in Afrika war, fand er sie mit Tränen in den Augen vor. Ihre Eltern hätten eine Ehe für sie arrangiert, sagte sie ihm, mit dem Sohn eines konkurrierenden Kaufmanns. Es würde sie in ein Leben der Schinderei und Knechtschaft zwingen, weit weg von den legalen Schiebereien und dubiosen Geschäften, an die sie gewöhnt war.*

*„Nimm mich mit nach England", flehte sie ihn an.*

*Er konnte nicht widerstehen.*

*Es sollte sein Untergang sein.*

*Die Vorzeichen für die Rückreise standen von Anfang an schlecht. Schon in der ersten Nacht sah man einen leuchtenden Ball mit langem Schweif am Himmel nach Osten ziehen.*

*Manche an Bord sahen darin ein Zeichen Gottes, dass ihre Heimreise gesegnet war. Andere fürchteten, es kündige eine Katastrophe an – eine verlorene Schlacht oder eine Seuche an Bord. So oder so: es verunsicherte die Mannschaft.*

*Als Henry zu Ohren kam, dass sich ein Aufstand wegen der ausbleibenden Löhne zusammenbraute, wusste er, dass er schnell und entschlossen handeln musste. Und das tat er, indem er jedem der Schuldigen vor den Augen der Kameraden sechsunddreißig Peitschenhiebe verordnete.*

*Danach stieß einer seiner Männer zufällig auf Kittys Versteck und drohte, der Admiralty zu melden, dass er einen blinden Passagier an Bord eines königlichen Schiffes dulde.*

*Der seelische Aufruhr verdrehte seine Gedanken und ließ ihn irrational handeln.* Ist das mein Ende? *fragte er sich.* Nach all den Jahren treuen Dienstes für den König und das Commonwealth? Aus der Marine verstoßen, nur weil ich in die Frau verliebt bin, die tief unten im Bauch dieses Schiffs versteckt ist?

*Es würde ihn ruinieren, das wusste er, doch er ergab sich der Erpressung, um seine Geliebte verborgen zu halten. Sein ganzer Anteil an der Beute aus dem Schmuggelgeschäft sollte den Preis bilden.*

*Die* Venturer *kehrte nach Deptford zurück, und Henry gelang es, Kitty unbemerkt in die Sicherheit der Stadt zu schmuggeln, doch er konnte die Erpressung nicht einfach vergeben. Die Illoyalität dieses Mannes, der es gewagt hatte, seine Freiheit zu bedrohen – eines Schurken, dem er selbst* zehnfach überlegen war –, nagte an ihm, und er fasste den Plan, den abscheulichen Burschen aus dem Weg zu räumen.

Zwei Ereignisse traten ein, die sein Schicksal besiegeln sollten. Das Gerede über seinen Mordplan fand seinen Weg zu den losezüngigen Gästen seines Stammlokals, The Ship; und er erkrankte an einem Fieber, das ihn so sehr schwächte, dass er fürchtete, es nicht zu überleben.

Eines Tages – oder einer Nacht, er wusste es nicht, so durchtränkt von Wahn war sein Geist – verspürte er plötzlich einen stechenden Schmerz und erwachte schreiend. Als er die Augen öffnete, sah er eine Vision so wahnsinnig, dass er sicher war, zu halluzinieren. Er krallte sich an dieser Vision fest, im reinen Delirium, und bemerkte entsetzt, dass ihm eine Hand fehlte und er mit der anderen eine Art unheilige Vogelmaske hielt. Inmitten all dessen war das Gesicht einer Frau, erstarrt vor Entsetzen, mit orangefarbenem Haar wie Flammen …

Dann verlor er das Bewusstsein.

Henry hatte keine Ahnung, wie lange er bewusstlos lag. Er driftete zwischen Wachen und Schlafen hin und her, stöhnend und fiebernd, nur vage spürend, dass jemand ihm die Stirn tupfte oder kühles Wasser in seinen Mund goss, das ihm über die Wange lief und seinen Hals hinunterrann.

Allmählich begann sich sein Geist zu klären, und das Haus, in dem er lag, nahm feste Gestalt an. Ebenso das Gesicht des Schutzengels, der ihn wieder gesund pflegte. Er erkannte es als das von Lydia Mercer, der Frau des Schiffszubehörhändlers.

*Obwohl er versuchte, ihr zu danken, war sein Verstand noch so benebelt, dass ihm die Worte nicht über die Lippen kamen.*

*Sein Handgelenk, dort wo seine linke Hand gewesen war, war fest bandagiert. Irgendwie – aus schierem Dickkopf, wie Henry überzeugt war, ein Erbe seines Vaters – überlebte er die Tortur.*

*Als er schließlich wieder ganz bei Kräften war, war Lydia verschwunden, und seine Gedanken wandten sich der Jagd auf den Erpresser und der Vergeltung für seinen Verrat zu. Da kamen die Soldaten. Die Männer der AdmiraltyAdmiralty traten die Tür ein und zerrten ihn auf die Beine.*

*„Henry Trevelyan", sagte ihr Anführer. „Ihr werdet vor ein Kriegsgericht gestellt, weil Ihr wissentlich einen blinden Passagier an Bord eines königlichen Schiffes beherbergt habt. Nehmt ihn mit."*

*Der Erpresser war schneller gewesen.*

*Schuldig gesprochen, erhielt er auf Grund seines bislang un-tadeligen Dienstes ein mildes Urteil: sechs Monate Gefängnis.* Doch all seine weltlichen Güter waren verloren – zweifellos, *so dachte Henry spöttisch,* verkauft, um die Heuer der Ma-trosen aus der königlichen Kasse zu bezahlen –, *und nach seiner Entlassung war er gezwungen, unterzutauchen.*

*Er war im Newgate-Gefängnis allerlei Männern begegnet, bekannt dafür, Verräter, Rebellen und Ketzer zu beherbergen. Dort knüpfte er Kontakte zu Leuten, die wiederum Leute kannten, die einem Mann für zwielichtige Dienste gutes Geld* boten. Es war ihm nur recht. Er würde sich seinen Lebensunterhalt verdienen, dann nach Deptford zurückkehren – zu seiner einzigen wahren Liebe. Und für seine Rache.

Das stolze Herz des kornischen Fischers war schwarz geworden.

# Chapter Twenty-Two

# Das Lagerhaus

Ein Dockarbeiter wies Abby und Jacob den Weg zu Peter Bradshaws Lagerhaus. Als sie dort ankamen, waren sie verblüfft festzustellen, dass es sich um ein Gebäude handelte, das sie bereits zuvor gesehen hatten. Bradshaws Arbeitsplatz war eines jener sehr hohen, zweistöckigen Gebäude, die Lydias Mercers Pestmuseum überragten. Die beiden Hauptverdächtigen waren Nachbarn.

„Das erklärt, warum wir Bradshaw sahen, als wir das erste Mal das Museum besuchten", sagte Abby.

„Und es platziert Bradshaw nur wenige Schritte entfernt von der Pestdoktor-Kleidung im Museum", bemerkte Jacob. „Eben jene Kleidung, von der wir glauben, dass der Mörder sie getragen hat."

„Da wir schon hier sind, sollten wir sicherstellen, dass sie nicht entfernt wurde", meinte Abby.

Am hinteren Eingang des Pestmuseums stellten sie fest, dass die Tür unverschlossen war, so wie sie sie hinterlassen hatten. Im Inneren lag die Decke noch immer achtlos auf dem Boden, und die Pestdoktor-Maske starrte sie mit ihrem leeren Blick an, von ihrem Platz unter dem langen Gewand aus. Es war auf unheimliche Weise beruhigend.

Als sie hinausgingen, wurden sie auf das tiefe, heisere Geräusch von Sägen aufmerksam. Ein großer Graben, zuvor leer, war, wie Jacob nun bemerkte, eine Sägrube. Ein „Sawyer" stand oben auf einem gewaltigen Baumstamm, hielt das eine Ende einer langen Säge, während sein Kollege, verborgen in der Grube, das andere Ende hielt. Sie zogen und schoben im Takt und zerschnitten den Stamm methodisch in zwei Hälften. Für Jacob hatte das immer nach schweißtreibender, erschöpfender Arbeit ausgesehen, und erneut war er froh, das öde Dasein auf der Werft hinter sich gelassen zu haben.

Der alte Sawyer bemerkte Jacobs Blick, hielt inne und rief: „Kennen wir uns?"

Da Jacob nichts sagte, fügte er hinzu: „Du warst doch in der Werft von Woolwich? Lehrling beim Zahlmeister?"

Abby sah, wie Jacob wütend an seiner Perücke zupfte.

„Schlappkiefer-Jake!", rief der Sawyer aus. „Schlappkiefer-Jake, der die Männer mit einem Fingerhut Bier aufs Meer schickte!"

Der versteckte Partner des Sawyers kicherte, das höhnische Geräusch hallte aus der tiefen Grube.

Ein gehetzter Ausdruck huschte über Jacobs Gesicht. Abby zog ihn am Ärmel, riss ihn aus seiner Starre und zerrte ihn um die Ecke des Pestmuseums.

„Schade, dass sie nichts von deiner ehrenwerten Stellung als persönlicher Inquisitor von Mr Samuel Pepys wissen", sagte Abby, während sie die Gasse zwischen Bradshaws Lagerhaus und dem Museum entlanggingen.

Doch Jacob ließ sich nicht besänftigen. „Schlappkiefer-Jake, der die Männer mit einem Fingerhut Bier aufs Meer schickte", murmelte er vor sich hin, die Erinnerung auf seiner Zunge. „So haben sie mich verspottet."

„Wer hat dich verspottet?", fragte Abby.

„Alle", erwiderte Jacob leise. „Alle, als es die Runde machte."

Abby blieb stehen, packte ihn an den Unterarmen und starrte ihn an, bis er ihren Blick erwiderte. Alles, was sie hörten, war das rhythmische Schaben der Säge. „Die Männer der Werft sind Säufer und Raufbolde, Jacob. Schenk ihnen keinen Gedanken."

Er schloss die Augen. „Ich werde meiner Vergangenheit niemals entkommen."

Sie schüttelte ihn. „Du bist deiner Vergangenheit entkommen, Mr Standish! Sieh dich an! Ein Inquisitor, der Master Pepys' Schwester vor dem Galgen gerettet hat — und er war höchst dankbar und stolz!"

Eines seiner Augen öffnete sich, und er blinzelte sie an. „Ich habe Paulina gerettet, nicht wahr?"

Grinsend nahm sie ihn bei der Hand, und sie setzten ihren Weg fort.

„Deptford jubelt! Master Pepys' Eindringlinge kehren zurück!", ertönte der spöttische Ruf.

Peter Bradshaw stand am Ende der Gasse und klatschte langsam, als die Inquisitoren sich näherten.

„Wir wünschen, euer Lagerhaus zu besichtigen, Mr Bradshaw", erklärte Abby, als sie ihm gegenüberstanden.

„Ich stehe allen offen", entgegnete Bradshaw, wobei er den Arm in einer großspurigen, herablassenden Geste des Willkommens ausbreitete.

Er ging voran am Ufer entlang zum Eingang seines Lagerhauses. Jacob deutete Abby unauffällig auf das kleine blaue Kaninchen, das hinter seinem linken Ohr in die Haut gestochen war und gerade noch zu sehen war. Nun fragte sie sich, wie groß wohl die Chance war, dass Bradshaw die Herkunft des Symbols und seine Verbindung zu Kitty Blake erklären würde.

Während sie Bradshaw folgten, waren die Inquisitoren, obwohl sie die Themse bereits aus früheren Erfahrungen gut kannten, dennoch von ihrem schieren Ausmaß beeindruckt. An diesem Nachmittag, bei einlaufender Flut, schien eine noch größere Zahl von Schiffen die starke Strömung flussaufwärts zu nutzen.

Galeonen mischten sich mit Leichtern, Lastkähnen mit Yawlen, und zwischen all dem schlängelten sich Wherries hindurch, die Reisende von einem Ort zum anderen brachten. Die Inquisitoren bestaunten den Wald der Masten auf den vorbeiziehenden Schiffen. Sie hörten das Knarren des Holzes, das rhythmische Plätschern des Flusses am Ufer und die Rufe der Seeleute. Und inmitten all dessen das stetige, beruhigende Hintergrundgetöse der emsigen Werft von Deptford.

*Wahrlich, die Themse ist ein Mikrokosmos des Lebens selbst*, dachte Abby bei sich. Sie war vom Fluss fasziniert gewesen, seit sie bei Verwandten in Greenwich gelebt hatte, und hatte es sich zur Aufgabe gemacht, seine Wege zu verstehen.

Fast ein Viertel aller Londoner, so erinnerte sie sich, verdienten ihren Lebensunterhalt direkt von der Themse. Neben dem stetigen Fluss an Kohlelieferungen aus Newcastle, um Londons wachsenden Bedarf zu decken, und dem Transport lebensnotwendiger Waren und Lebensmittel von der britischen Küste, war England in den letzten Jahrzehnten zu einem führenden Akteur im Welthandel aufgestiegen.

Holz aus Norwegen und dem Baltikum; Seide aus der Türkei; Reis und Öl aus Italien; Salz und Zimt aus Portugal; spanischer Wein, Obst und Tabak; Wolle von der Biskaya … Vieles davon wurde nicht einmal in England verbraucht, denn der Reexportmarkt war jüngst gewaltig gewachsen: die Kaufleute lagerten ihre importierte Ware nur kurz auf heimischem Boden, bevor sie sie an Käufer im Ausland weiterverkauften. Am beliebtesten unter allen Reexportwaren war Zucker aus der Karibik und anderen heißen Regionen, ein Handel, in dem London führend war.

Das waren höchst einträgliche Zeiten, wusste Abby. *Kein Zweifel, dass auch Peter Bradshaw sich dessen bewusst war*, dachte sie bei sich.

Das Schild an seiner Lagertür lautete:


## P BRADSHAW – LAGERHALTUNG
## H HEDGES – KAUFMANN


Nicht nur enge Freunde, offenbar verband die beiden auch ein geschäftliches Verhältnis.

Im Innern war die Decke höher als jede, die Abby je außerhalb einer Kirche gesehen hatte. Jacob, der das Große Lagerhaus selbst schon besucht hatte, war nur geringfügig weniger beeindruckt. Der Raum erstreckte sich, so weit das Auge reichte, gefüllt mit Fass um Fass und Kiste um Kiste.

Lichtstrahlen fielen durch die Fenster rings um die Holzwände. Der Raum war erfüllt von einem Sammelsurium an Düften, exotisch und alltäglich zugleich, so zahlreich, dass Abby keinen einzelnen ausmachen konnte.

„Wie kann ich Ihnen behilflich sein?" Es war Hugo Hedges, der an einem langen Verkaufstresen rechts vom Eingang lehnte.

Abby schritt auf ihn zu. „Indem Ihr mir das Zeichen zeigt, das hinter Eurem linken Ohr in die Haut gestochen ist", sagte sie.

Verlegen zog der Kaufmann seinen gefiederten Hut tief in die Stirn.

Abby lächelte. „Ich nehme also an, es gibt eines. Sagt mir: Welche Bedeutung hat es?"

Bradshaw mischte sich für seinen Geschäftspartner ein. „Seine Bedeutung", erwiderte er, wobei er sich so weit hinunterbeugte, dass seine stahlgrauen Augen auf einer Höhe mit ihren waren, „ist die, dass diejenigen, die danach fragen, sich in große Gefahr begeben."

Jacob war unterdessen damit beschäftigt, die gelagerten Waren zu inspizieren, und stand nun zwischen einer Reihe prall gefüllter Tierblasen, in denen Farbe aufbewahrt wurde. „Ich sehe, Ihr lagert schwarze Farbe, Mr Bradshaw", rief er hinüber. „Habt Ihr kürzlich vielleicht ein paar Kreuze auf Türen gemalt?"

Der Lagerhausbesitzer stieß ein schmutziges, kehliges Lachen aus und legte den Arm um Hedges, der merklich unbehaglich wirkte. „Ich bewundere Euren Schneid, Inquisitoren des Samuel Pepys. Doch ich rate Euch, lasst ab davon und trollt Euch zurück in Eure feinen Häuser in der Stadt. Ihr versteht nichts von den Wegen des Meeres und werdet noch ertrinken.“

„Lydia Mercer hat uns von einem Henry Trevelyan erzählt, vor dem sie große Furcht hat”, sagte Abby. „Kennt Ihr diesen Mann?“

Bradshaw und Hedges tauschten einen Blick, und der rattenhafte Kaufmann fingerte an seinem Entermesser. Jacob trat näher, um Abby zu schützen, und sie erwiderte seine Präsenz mit einem knappen Lächeln.

Hedges brach die Spannung mit einem Seufzen. „Henry Trevelyan ist ein legendärer Kapitän der Marine, unter dem wir beide das Vergnügen und Privileg hatten zu dienen”, erklärte er in versöhnlichem Ton. „Er ist seit vielen Monden nicht mehr in Deptford gesehen worden. Am Dock munkelt man, er sei ein Auftragsmörder geworden.“

„Dann könnte er der Pestdoktor sein?“, fragte Jacob.

Hedges sah zu Bradshaw hinüber, der unbewegt blieb.

Da griff sich Abby plötzlich an die Schläfen. „Ich hab’s!“, rief sie. „Lydia Mercers Marineoffizier, Henry Trevelyan, und Kitty Blakes englischer Schiffskapitän, Henry – sie sind ein und derselbe. Also seid Ihr alle zusammen von Tanger auf der Venturer gesegelt!“

Sie brauchte keine Bestätigung mehr.

# Chapter Twenty-Three

# Mantel & Degen

Als die Inquisitoren im Ship eintrafen, war es wie üblich voll, wenn auch ungewöhnlich still. Arthur Hall stand an seinem gewohnten Platz und polierte Besteck mit einem Lappen, der schmutziger war als das Besteck selbst. Als er Jacob sah, blieb sein Gesichtsausdruck vollkommen leer, als hätte ihre angsteinflößende Begegnung im Glücksspielkeller niemals stattgefunden.

Die Tische waren größtenteils besetzt, und sie entdeckten Kitty Blake weiter hinten im Schankraum, nahe dem Platz, an dem sie gewöhnlich sang. Sie war in Begleitung eines Fremden – was an sich nichts Ungewöhnliches war – in einem langen schwarzen Mantel und einem breitkrempigen Hut derselben Farbe. Um den Hals trug er ein rotes Leinentuch, und das Haar, das unter dem Hut hervorsah, war sandfarben.

Die beiden schienen in ein tiefes Gespräch vertieft, und die übrigen Gäste warfen ihnen gelegentlich misstrauische Blicke zu. Die Stimmung war gespannt.

„Wer ist das bei Kitty?", fragte Abby Jacob, während sie sich einen freien Tisch sicherten.

Er drehte sich um, um zu sehen. „Ich weiß es nicht", antwortete er. „Was wollen wir essen? Ich bin halb verhungert."

„Du hast immer Hunger", tadelte sie ihn.

Während sie sprach, sah sie, wie Arthur zwei Krüge an Kittys Tisch brachte. Der Fremde im Mantel sprang auf, packte den Wirt am Kragen und schleuderte ihn gegen die Wand hinter sich, sodass der Bier in Bögen durch die Luft flog.

Alle Blicke richteten sich auf die Szene, doch niemand griff ein.

Unter seinem Mantel zog der Fremde eine Pistole hervor und richtete sie auf den Wirt, der sich gerade wieder aufrappelte. „Während ich im Gefängnis sitze, auf Befehl Seiner Majestät festgehalten, stiehlst du mir meine Frau, Arthur Hall!", rief er.

Der Wirt, wahrlich kein Mann, der sich leicht einschüchtern ließ, wischte sich das Bier aus dem Gesicht und knurrte zurück: „Wer sagt, dass sie dir gehört, Henry Trevelyan?"

Die Augen der Inquisitoren weiteten sich. Kitty sprang auf und versuchte, Henry wegzuziehen, doch er stieß sie grob zur Seite, sodass sie zu Boden ging.

Abby packte Jacobs Schulter. „Schau! Er hat eine Hook-Hand!"

In diesem Moment nutzte Arthur seine Chance und sprang auf Henry zu, doch der feuerte seine Pistole ab. Der Schuss traf den Wirt an der Schulter, und er wurde gegen die Wand geschleudert. Henry steckte die Einzelschusspistole zurück in seinen Gürtel, zog Kitty auf die Füße und küsste sie auf die Lippen.

„Ich komme später zurück, mein Liebling", sagte er und zog ein Messer mit Elfenbeingriff unter dem Mantel hervor.

Er schwenkte es vor sich und bahnte sich seinen Weg aus dem Schankraum.

Als Jacob sich ihm in den Weg stellen wollte, richtete Henry die Spitze der Klinge auf sein Herz. „Der erste Mann, der mich aufhalten will, stirbt!"

„Lass ihn gehen, Jacob", drängte Abby.

„Ja, lass mich gehen, Jacob", wiederholte Henry ihre Worte.

Kein Mann stellte sich ihm in den Weg, und mit einem Schwung seines Mantels war er verschwunden.


Abby sprach eindringlich. „Erinnerst du dich an unseren allerersten Fall, wegen der gestohlenen Tagebücher von Master Pepys?"

„Ja, natürlich", antwortete Jacob. Schließlich hatten sie den Fall erst vor zwei Wochen gelöst, auch wenn sich die Zeit seither wie ein halbes Leben angefühlt hatte. „Du glaubst, Henry Trevelyan könnte auch Hook-Hand sein? Sicherlich gibt es viele Seeleute, die durch eine Kanonenkugel oder einen Säbel eine Gliedmaße verloren haben?"

Abby fixierte ihn mit ihren stechend türkisfarbenen Augen. „Mein Instinkt sagt mir, es ist derselbe Mann, Jacob."

# Chapter Twenty-Four

# Überraschung!

Arthur Hall hatte Glück, dass die Musketenkugel seine Schulter sauber durchschlagen hatte, was das Infektionsrisiko erheblich verringerte. Er wischte Kitty Blakes Drängen, ins Hospital zu gehen, beiseite; stattdessen verband er sich selbst und setzte unerschrocken seine Arbeit fort.

„Sing!", befahl er ihr, und sie gehorchte.

Der Schankraum kehrte zu ihrem gewohnten Anschein von Normalität zurück.

Nachdem sie ihr Abendessen verdrückt hatte, löffelte Abby gerade eine Schale mit gedünsteten Birnen in Vanillesauce. „Hall ist gebaut wie eine der Galeonen des Königs", sagte sie zu Jacob. „Mit ihm will ich mich nicht anlegen."

„Ich kämpfe lieber gegen Hall als gegen seine Mutter", entgegnete er. „Und was ist mit Henry Trevelyan?"

„Hook-Hand, meinst du."

„Du warst es, die mir sagte, dass nur Narren spekulieren", merkte Jacob an, während er mit einem Löffel in seinen Apfelküchlein stocherte.

Sie hielt ihn mit der Hand zurück. „Vertrau mir, Jacob. Trevelyan ist Hook-Hand. Ich würde Geld darauf wetten."

„Du hast gar kein Geld!", warf er ein, entschuldigte sich dann aber für seine Schroffheit.

Abby legte ihre jüngsten Erkenntnisse dar: Dass Bradshaw und Hall von Tanger aus an Bord der Venturer gesegelt waren, die von Henry Trevelyan kommandiert wurde. Dass der Kapitän Kitty Blake heimlich an Bord genommen hatte. Und dass Bradshaw, Blake und – wie sie annahmen – auch Hedges ein Symbol hinter dem linken Ohr mit Tinte markiert hatten. Irgendwie verband sie das. „Wir müssen das herausfinden", sagte sie.

Sie wussten außerdem, dass Henry Trevelyan, den Lydia Mercer so fürchtete, aus unbekanntem Grund in Deptford aufgetaucht war. War er die ganze Zeit hier gewesen, im Verborgenen? War er der Pestdoktor? Wo war er jetzt, und wann würde er wieder erscheinen?

„Er hat Kitty gesagt, er würde zurückkehren, also müssen wir auf der Hut sein", sagte Jacob. Er schabte den letzten Rest Vanillesauce mit seinem Löffel auf, schluckte ihn mit einem triumphierenden Gesichtsausdruck hinunter und klopfte nachdenklich auf den Tisch. „Ich habe dich übrigens noch nicht nach den fremden Worten gefragt, die du gestern mit Kitty Blake gewechselt hast. Welche Sprache war das? Es war nicht Griechisch oder Latein, in denen ich… einigermaßen bewandert bin, da ich in Oxford unterrichtet wurde. War es…?"

„Französisch, Jacob", erklärte sie ihm. „Master Pepys' Frau, Elizabeth, spricht es fließend. Ihr Vater war Franzose und sie wurde in Paris erzogen. Master Pepys, der unendlich neugierig ist, lernt die Sprache selbst."

„Er erlaubt dir, ihn zu begleiten?"

„Wir üben gelegentlich zusammen. Er sagt, das mache das Lernen angenehmer. Ich bin aber nur eine Amateurin."

„Was hast du zu Kitty gesagt?"

Abby sah ihn verständnislos an.

„Es ging um…" Jacob kniff die Augen zusammen und strich sich übers stoppelige Kinn. „Die… *bow pays* von 'nem *mond*?"

Sie lachte. „*Les beaux pays de la monde*. Die schönen Länder der Welt. Ich sagte ihr, dass ich sie besuchen möchte."

„Welche?"

„Beliebige, Mr Standish. Willst du denn nicht die Welt jenseits deiner Haustür entdecken?"

Jacob zuckte mit den Schultern. „Ich bin einmal mit der Marine nach Holland gesegelt und fand die Leute höchst unhöflich."

Abby warf die Hände in die Luft vor Empörung. „Für so eine Chance würde ich sterben!"

„Dann sollten wir beten, dass das nicht nötig ist." Die vertraute Stimme kam von einer Gestalt, die an ihren Tisch trat.

Abby schnappte nach Luft und hielt sich die Hand vor den Mund.

„Mr Pepys!", rief Jacob aus, sprang auf und verbeugte sich.

Abby hatte sich inzwischen gefasst und stand ebenfalls auf. „Master Pepys", sagte sie und verbeugte sich ebenfalls.

Ungeduldig bedeutete Pepys ihnen, sich zu setzen, und zog sich selbst einen Hocker heran. Er nahm seinen Hut ab und schüttelte den Regen heraus, der in Schauer über den Boden spritzte. „Das Wetter ist scheußlich geworden", bemerkte er, just als ein lauter Donnerschlag ertönte. „Arthur!", rief er.

Wie durch Zauberei stand der Wirt neben ihm und verbeugte sich tief. „Mr Pepys, es ist mir immer eine Freude, einen so angesehenen Herrn in meinem bescheidenen Hause willkommen zu heißen. Wie darf ich Ihnen dienen, Sir?"

Pepys blickte zu Abby und Jacob, die von der verwirrenden Höflichkeit des Wirts verstummt waren. „Drei halbe Pints Sackwein", sagte er kurz und bestellte den verstärkten Weißwein für sie mit.

Der Wirt wich rückwärts zurück und verbeugte sich. „Es wird mir eine Freude sein, Sir."

Abby unterdrückte ein Schmunzeln.

„Was führt Sie nach Deptford, Sir?", fragte Jacob.

„Alles zu seiner Zeit, Mr Standish", entgegnete Pepys. „Zunächst müssen Sie mich von Ihren Neuigkeiten unterrichten. Ich bin begierig, sie zu hören."

Abby bemerkte, wie ihr Herr verstohlene Blicke und leise Gespräche unter den sitzenden Dockarbeitern auf sich zog. Pepys war gewiss nicht scheu, seinen hohen Status zur Schau zu stellen; sein reiches, burgunderfarbenes Samtgewand war mit Goldfäden bestickt, und allein seine seidigen Strümpfe, die im Kerzenschein des Gasthauses schimmerten, waren so viel wert wie ein Dutzend der ärmlichen Monturen der darbenden Arbeiter ringsum.

Jacob konnte nicht umhin, den kunstvoll gelockten, kastanienbraunen Perücke seines Mentors zu beneiden, die selbst aus der Ferne nach edlen Puderduften roch. Obwohl sie vom Regen durchnässt war, behielt sie ihre Form – anders als seine eigene, die ihm wie ein erschöpfter Hund vom Kopf hing. Vergeblich begann er, seine Perücke zurechtzuzupfen.

Nachdem die Inquisitoren Bericht erstattet hatten, griff Pepys in seine mit seinen Initialen geprägte Ledertasche, zog ein schweres, rechteckiges Hauptbuch hervor und schlug es auf dem Tisch auf.

Der Wirt erschien mit drei Zinnpokalen und stellte sie neben das Buch.

Abby nahm einen davon auf und betrachtete ihn kritisch. „Der Rand ist schmutzig", stellte sie fest.

Arthurs Augäpfel schienen zu pulsieren, und er ballte die riesigen Fäuste. Als er den Mund öffnete, um zu antworten, schaltete sich Pepys ein: „In der Tat, das ist er. Tauschen Sie ihn aus, ja?"

Sofort entspannte sich der Wirt, und sein unterwürfiges Alter Ego kehrte zurück. „Gewiss, Mr Pepys. Sofort, Mr Pepys. Ich bitte vielmals um Verzeihung." Er riss Abby den Becher aus der Hand, warf ihr einen giftigen Blick zu und zog sich verbeugend zurück.

„Provozieren Sie ihn nicht, Abigail. Das verbiete ich", tadelte Pepys sie. „Er ist ein anständiger Mann, wenn auch bisweilen… irritierend."

Jacob bemerkte, dass er den Atem angehalten hatte. „Sir, man hat uns gesagt, dass Arthur Hall von der Ostindien-Kompanie gestohlen und die Beute auf dem Schwarzmarkt verkauft habe. Wofür er zu Recht bestraft wurde."

Pepys leckte sich den Zeigefinger und begann, die dicken Seiten des Hauptbuchs umzublättern. Ohne aufzublicken, erwiderte er: „Bevor er Wirt dieses feinen Hauses wurde, war Arthur Hall ein Gärtner von gewissem Ruf, der in der Kunst des Formschnitts und Ähnlichem vom Vikar von Deptford beschäftigt war."

Beide Inquisitoren rutschten unbehaglich auf ihren Hockern hin und her.

Pepys fuhr fort: „Wie ich unter Seeleuten gelernt habe, Mr Standish, ist es entscheidend zu wissen, wem man sein Vertrauen schenken kann." Als er plötzlich auf einen bestimmten Eintrag stieß, stieß er ärgerlich mit dem Finger darauf. „Hier", schnappte er. „Eine Unstimmigkeit."

Er blätterte ein paar Seiten zurück und tippte wieder darauf. „Und hier." Noch einmal das gleiche Spiel. „Und hier. Es gibt weitere, die bis 1664 zurückreichen. Was sagen Sie dazu, Mr Standish?"

Obwohl Jacob während seiner Lehre als Zahlmeister in Woolwich mit Buchführung und Inventuren vertraut gemacht worden war, hatte er den Dreh nie herausbekommen. Zahlen verschwammen ihm vor Augen.

Da er spürte, dass Schmeichelei der bessere Weg war, antwortete Jacob: „Sir, Sie sind der Experte auf diesem Gebiet, und ich würde Ihre Meinung der meinen vorziehen."

Pepys konnte ein selbstgefälliges Zucken nicht verbergen. „Wie Sie wünschen, Mr Standish. Sehen Sie hier: das verzeichnete Gewicht dieser Pulverfässer stimmt nicht. Laut Angabe des Zahlmeisters wog jedes Fass 100 Pfund. Und hier…" Pepys blätterte um und stieß wieder mit dem Finger darauf. „…hat der Zollaufseher dasselbe Fass mit 300 Pfund angegeben. Eine offensichtliche Unstimmigkeit, und offenbar bin ich der Erste, der sie bemerkt."

Pepys erklärte, dass er sich in seinem Büro in Seething Lane nutzlos gefühlt habe, während er ungeduldig auf Neuigkeiten seiner Inquisitoren wartete, und so habe er selbst eine Untersuchung begonnen. Er hatte die Lagerbücher der Werft in Deptford hervorgekramt und akribisch Seite für Seite nach Unstimmigkeiten durchsucht.

Erst als er die Aufzeichnungen eines bestimmten Schiffs erreichte, ganz unten auf seinem wackligen Stapel von Büchern, regte sich sein Verdacht vollends.

„War es das Schiff Venturer, Master Pepys?", fragte Abby.

Pepys lehnte sich zurück, die Augen geweitet. „Ja, Abigail, das war es. Ich bin höchst beeindruckt", entgegnete er, während er das Buch mit einem satten Klap zuschlug. „Kommandiert von einem Henry Trevelyan. Ein rechter Schurke, wenn es je einen gab."

# Chapter Twenty-Five

# Die Venturer

Die drei besprachen Pepys' Erkenntnisse.

Das Gewicht bestimmter Fässer, versicherte er ihnen, sei vom Zahlmeister an Bord der Venturer falsch angegeben worden. Als der Zollbeamte dieselben Fässer nach dem Entladen in Deptford überprüfte, wogen sie dreimal so viel. Irgendetwas stimmte nicht.

Pepys hatte herausgefunden, dass der Zahlmeister des Schiffs niemand anderes war als Robert Drake.

„Pfui, Sir!", rief Jacob aus. „Ausgerechnet der Mann, den wir vor dem Pestdoktor zu schützen suchen!"

Pepys schüttelte den Kopf. „Es ergibt keinen Sinn, Mr Standish. Ich habe mit Drake zusammengearbeitet und ihn stets für rechtschaffen und zuverlässig gehalten. Wir könnten herausfinden, dass er unter Gewaltandrohung oder gar durch Erpressung gezwungen wurde — sei es von dem Schurken Trevelyan oder einem seiner ruchlosen Spießgesellen — diese falschen Aufzeichnungen zu machen. Hier ist Gaunerei im Spiel, darauf gebe ich Ihnen mein Wort."

„Sir, wir sahen Trevelyan vor kaum einer Stunde, in eben diesem Wirtshaus."

Pepys verschluckte sich an seinem Sackwein. „Hier? Vor einer Stunde?", stotterte er. „Aber der Halunke saß im Kerker!"

Jacob schilderte den Kampf mit dem Wirt, und Pepys bemerkte, dass Halls Schulter tatsächlich in einen blutigen Verband gehüllt war.

Abby meldete sich zu Wort. „Sir, wir glauben, dass Trevelyan das Feuer gelegt haben könnte, das kürzlich die Stadt London verwüstete. Wir begegneten ihm, als wir Ihre gestohlenen Tagebücher untersuchten, kannten ihn aber nur als Hook-Hand, da er..."

Pepys schlug sich die Hände auf die Ohren. „Ich will nichts mehr davon hören, Abigail Harcourt! Ihr verblüfft mich wahrhaftig! Wollen Sie mich als Nächstes beschuldigen, ich hätte das Feuer selbst gelegt?"

„Sir, wenn ich hinzufügen darf..." begann Jacob.

Pepys brachte ihn mit einer Geste zum Schweigen und wandte sich wieder an Abby. „Es ist wohlbekannt, dass das Feuer in der Bäckerei des Thomas Farriner in der Pudding Lane ausbrach, und so wird es in die Geschichte eingehen. Henry Trevelyan, in der Tat! Ein Tunichtgut und Bilgenratte mag er sein; ein Brandstifter ist er nicht."

Abby senkte den Kopf.

„Wohin nun, Mr Pepys?", fragte Jacob.

„Warum, zur Venturer, Mr Standish. Sie liegt hier, in der königlichen Werft, während wir sprechen."

„Aber, Sir, es ist spät und…"

„Und es gibt keinen besseren Zeitpunkt als jetzt!"


Das Wetter draußen war scheußlich. Sintflutartiger Regen peitschte herab und prasselte auf die hölzernen, strohgedeckten und steinernen Flächen des Werftgeländes, dass es unaufhörlich trommelte. Pepys und Jacob schoben ihre Laternen tief in ihre schweren Mäntel, um die Flammen vor dem Erlöschen zu schützen. Abby blieb zurück, schweigend grübelnd. Die drei waren binnen Sekunden durchnässt, und das Wasser lief in Rinnsalen von den schlaffen Filzhüten der Männer.

Wolken verdeckten Mond und Sterne. Die Werft von Deptford wirkte dunkler und düsterer denn je.

„Sir, sind Sie sicher, dass dies…?" Jacobs Stimme verklang, als Pepys unbeirrt voranschritt.

Zum Glück lag die königliche Werft gegenüber dem Gasthaus, und ihr Weg war erfreulich kurz. Die Inquisitoren hatten den Anblick der beiden gewaltigen, bemalten Galeonen, die dort vertäut lagen, längst verinnerlicht, ohne zu ahnen, dass eine von ihnen so zentral für ihre Untersuchung werden würde.

Eine lange Holzleiter war an das Gerüst der Venturer gebunden, das hinauf zum Hauptdeck führte. Als Abby am Fuß der Leiter emporblickte, schien es ihr, als stießen die Masten des Schiffs bis in den Himmel. Für sie war der Anblick furchteinflößend.

Selbst Pepys zögerte kurz, als er den Weg nach oben betrachtete. Dann fasste er sich ein Herz, setzte den Fuß auf die erste Sprosse, verlagerte das Leder seiner Sohle auf der glitschigen Fläche, prüfte die Festigkeit. So zufrieden wie er nur sein konnte, begann er den Aufstieg.

Jacob blickte hinunter auf Abby, deren durchnässte Kleidung an ihrer schmalen Gestalt klebte, und nahm ihre Hand. „Kommen Sie", sagte er sanft, sie zur Leiter führend. „Steigen Sie zuerst. Ich halte Sie, falls Sie abrutschen."

Und so erklommen Pepys, dann Abby, dann Jacob zögernd die Seite der Venturer, während die Leiter bei jedem Schritt beunruhigend schwankte. Der Regen peitschte ihnen ins Gesicht, und ihre kalten Hände krallten sich so fest um das raue Holz, dass die Knöchel weiß hervortraten.

Als Jacob Abby über die breite Bordwand der Venturer führte, war sie so dankbar, dass ihr fast die Tränen kamen. Torkelnd auf das Hauptdeck stolpernd, warf sie sich an ihren Mitinquisitor und klammerte sich an ihn, als hinge ihr Leben daran.

„Lasst uns hinuntergehen", drängte Pepys. „Dem scheußlichen Wetter entkommen."

„Was suchen wir, Sir?", fragte Jacob und blies sich den Regen von den Lippen.

„Wir werden es wissen, wenn wir es finden, Mr Standish."

Der feste Boden des Schiffs unter ihren Füßen beruhigte Abby schnell, und sie begann, ihre Umgebung auf sich wirken zu lassen. Einer der Masten ragte auf, so dick wie eine uralte Eiche, und sie reckte den Hals, um das Krähennest an seiner Spitze zu sehen. Sie stellte sich vor, wie ein Mann das Tauwerk erklomm, um den offenen Ausguck in fast 50 Fuß Höhe zu erreichen, und schauderte unwillkürlich.

Rings um sie herum wirkten die dunklen Hölzer wuchtiger, als sie je welche gesehen hatte. Aufgerollte Taue glichen den Fäden eines Riesen, und die eisernen Kanonen schienen unbeweglich. Alles wirkte so… solide. Es gab ihr ein Gefühl der Sicherheit, als könnte kein irdischer Gegner jemals die Heiligkeit der Venturer brechen.

Auch Jacobs Gedanken wirbelten. Er hatte das alles schon oft erlebt, und die Erinnerungen waren keine guten. Vor ihm sah er das Vorschiff, das vordere Deck; darunter hatte er einst – unruhig – zwischen den einfachen Seeleuten geschlafen, die den verhätschelten Sohn des Surveyors des Navy Board gemieden hatten. Gedrängt und stickig, eingequetscht in seine Hängematte zwischen so vielen anderen, hatte er sich gewünscht, irgendwo anders zu sein.

Er bemerkte die vielen Luken auf dem Deck, mit Holzgittern bedeckt. Es erinnerte ihn an das Rufen: „Luken dichtmachen!" Wenn die Stürme kamen, hatten die Seeleute eilig die Öffnungen mit Segeltuch verschlossen, damit die Wogen das Schiff nicht fluteten. All das kam wieder in ihm hoch.

Als er sich umsah, bemerkte er, wie Pepys' Kopf in einer Luke verschwand, griff nach Abbys Hand und zog sie hinter sich her.

Die Stufen nach unten waren steil und schmal, und die Inquisitoren setzten vorsichtig einen Fuß vor den anderen. Das Licht von Pepys' Laterne erwartete sie am Boden.

Auf dem Kanonendeck war es sehr dunkel. Das Holz ächzte, und der Regen trommelte auf das Deck über ihnen. Abby meinte, noch den fahlen Hauch von einst gezündetem Pulver in der Luft zu riechen, von den Kanonen ringsum.

Die Decke war so niedrig, dass Jacob sicherheitshalber seinen Hut abnahm. „Mr Pepys, darf ich einen Vorschlag machen?"

Pepys, dessen rundes, rötliches Gesicht und wache Augen im flackernden Goldlicht der Kerze schimmerten, nickte.

„Wir wissen, dass die Sängerin aus Tanger, Kitty Blake, im Laderaum versteckt war, Sir. Wollen wir dort beginnen?"

„Ein vortrefflicher Vorschlag, Mr Standish", sagte Pepys. „Wollen Sie uns führen?"

Kurz stockte er. Er war nie zuvor auf der Venturer gewesen; woher sollte er wissen, wie man in den Bauch des Schiffs gelangte? Doch dann wurde ihm klar: der Schiffsbau hatte sich seit einem Jahrhundert kaum verändert; der Aufbau einer Galeone glich dem einer anderen. Gestärkt durch das Vertrauen seines Mentors, setzte er sich in Bewegung, die Laterne vor sich ausgestreckt, ein gelber Lichtschein in der tiefen Dunkelheit.

An Kanonen und Reihen hängender Eimer vorbei erreichte Jacob bald die nächste Treppe, die hinab zum Orlopdeck der Venturer führte. Tief im Bauch des Schiffs schienen die Geräusche gedämpft, und die Enge bedrückte.

Jacob ließ den Schein seiner Laterne umherwandern, während er auf seine Begleiter wartete. Das Deck zog sich weiter, als das Kerzenlicht reichte. Eine Reihe dicker, tragender Holzpfeiler verschwand in der Dunkelheit, begleitet vom Knarren der Balken.

Hier, auf dem Orlopdeck, operierte der Schiffsarzt an verwundeten Männern, sicher unterhalb der Reichweite einschlagender Kanonenkugeln.

„Fahren Sie fort, Mr Standish", sagte Pepys, als er und Abby zu Jacob stießen.

Eine letzte Treppe tiefer, und die drei fanden sich im Laderaum, im tiefsten Bauch der Venturer, wieder. Der gesamte Raum wäre normalerweise bis unter die Decke mit Proviantkisten gestapelt gewesen; da er leer stand, nahm Jacob an, dass das Schiff nicht kurz vor einer Ausfahrt stand. Er hörte das Huschen von Ratten.

Seinem Instinkt vertrauend, führte er den Weg nach achtern, seine Schritte hallten in der Dunkelheit wider. Wenn jemand einen blinden Passagier versteckte, dann machten die äußersten Ecken am meisten Sinn.

Aus dem Schwarz tauchte ein großer Stapel Fässer auf, drei hoch und vielleicht fünfzehn breit – so breit wie das Heck selbst. „Hier", sagte er bestimmt. „Hier muss es sein."

„Warum glauben Sie das, Jacob?", fragte Abby.

„Anderswo ist es kahl", erklärte er. „Diese Fässer stehen hier aus einem Grund, und ich schlage vor: zur Tarnung."

Seine Theorie gewann an Gewicht, als er und Pepys die Fässer beiseite wuchteten und feststellten, dass sie leer waren. Doch als sie alle zur Seite geräumt hatten, bot sich ihnen nur eine nackte Holzwand dar, aus horizontalen Planken und vertikalen Streben gezimmert.

Jacob biss sich auf die Unterlippe, während er sie betrachtete.

„Es scheint, als hätten Sie sich geirrt, Mr Standish“, bemerkte Pepys.

„Moment“, sagte Abby und klopfte gegen die Wand.

Alle drei spitzten die Ohren. Das Geräusch klang weder so tief noch so dumpf, wie sie es erwartet hätten.

„Ist sie hohl?“, fragte sie.

Jacob begann, die Hölzer zu untersuchen, hielt seine Laterne dicht an das Holz und sah genau hin. „Aha!“, rief er schließlich.

Pepys trat zu ihm und blinzelte durch seine schwachen Augen. „Was ist es? Was haben Sie entdeckt?“

Ein großes Astloch im Holz war von Kratzspuren übersät, als wäre es oft angefasst worden. Jacob zog es vorsichtig heraus und stellte fest, dass es sich leicht lösen ließ. Mit dem Zeigefinger hakte er durch das entstandene Loch und zog.

Nichts geschah.

Er zog fester.

Diesmal schwang eine verborgene Tür nach außen auf. Als Jacob sein Licht hineinhielt, kam ein Versteck zum Vorschein, vielleicht fünf Fuß tief und vierzig Fuß breit. Es war zwar leer, doch zweifellos der Ort, an dem Kitty Blake sich versteckt hatte.

Abby schnappte nach Luft.

Pepys klopfte Jacob begeistert auf den Rücken. „Hervorragend, Sir!“ rief er erfreut. „Ein so feiner Inquisitor, wie ich ihn mir immer vorgestellt habe!“

Dünne Lichtstreifen, die von Pepys' Laterne hereinfielen, zeigten versteckte Lüftungslöcher in der Wand. Dennoch gab es keine Fenster, und das ständige Rollen des Schiffs hätte jede Reise in diesem Versteck äußerst unangenehm gemacht.

In der nächsten Ecke lag ein zusammengefaltetes Stück Segeltuch und ein leerer Bierkrug. Bei näherem Hinsehen entdeckte Jacob einige Brotkantenkrümel in den Ritzen zwischen den Bodenbrettern.

„Arme Kitty", sagte Abby. „Viel Komfort gibt es hier nicht."

Jacob wandte sich zu ihr. „Doch der Platz ist größer, als sie behauptet hat", meinte er. „In der Tat wäre hier genug Raum für die Frau und… mehrere Fässer?"

Abby und Pepys schauten ihn erwartungsvoll an, als er auf Händen und Knien krabbelte und am anderen Ende des Verstecks zwischen den Dielen nachsah.

„Sir!", rief er plötzlich.

„Was ist es, Standish?", fragte Pepys und eilte zu ihm.

„Kosten Sie das."

„Was ist es?"

„Ich habe hier am Boden Stellen davon gefunden. Ein dunkelbrauner, körniger Stoff, Sir."

Jacob hielt etwas davon auf der Handfläche. Pepys leckte sich die Fingerspitze, tippte auf die Kristalle und kostete sehr vorsichtig mit der Zungenspitze.

„Zucker, Mr Standish!", rief er aus. „Zucker!"

„Ja, Sir", sagte Jacob. „Ein höchst teures Luxusgut – und doch leicht zu verstecken. Ideal für Schmuggel."

# Chapter Twenty-Six

# Ein Brief

Die Kirchenglocke schlug die elfte Stunde, als Abby und Jacob durchnässt und mit klappernden Zähnen ins Ship zurückkehrten. Das lodernde Kaminfeuer des Gasthauses hob ihre Stimmung sofort.

Pepys hatte sich von ihnen verabschiedet, nachdem sie die Venturer verlassen hatten (eine Leiter hinabzusteigen, was Abby nur mit zusammengebissenen Zähnen geschafft hatte und keineswegs genossen).

„Es gibt ein dringendes Anliegen, das einzig und allein ich persönlich erledigen darf", hatte er ihnen geheimnisvoll gesagt, bevor er in die stürmische Deptforder Nacht hinausgehuscht war.

Der Schankraum des Ship war wieder einmal zum Bersten voll, alle Tische besetzt. Die Inquisitoren mussten zunehmend feststellen, dass Seeleute und Werftarbeiter zu jeder Stunde ein schier unerschöpfliches Verlangen nach Bier und Ausgelassenheit besaßen.

Kitty Blake stand an ihrem gewohnten Platz und sang ein Lied, das sie nicht kannten. Ihr ausgelassenes Publikum, das auf Tischen stand und die Krüge aneinander schlug, stimmte in den Refrain ein, der lautete:

*Holla hi, holla ho! Holla hi, holla ho!*

„Wo habt ihr denn jetzt wieder geschnüffelt?", fragte Arthur Hall, als sie seinen Tresen erreichten und Getränke bestellten. „Ist euer kostbarer Herr heimgekehrt, mit eingeklemmtem Schwanz?"

„Im Gegenteil", entgegnete Jacob, der sich zu seiner vollen Größe aufrichtete. „Wir sind dem Pestdoktor dicht auf den Fersen."

Der Wirt beugte sein Gesicht dicht an Jacobs heran. „Bin ich's etwa?"

„Dürfen wir hinter Ihr linkes Ohr sehen?", fragte Abby.

Wie ein Fels wandte er sich ihr zu. „Nein", erwiderte er. „Dürft ihr nicht."

Als er ihnen mit dem Rücken zugewandt die Bier einschenkte, versuchten die Inquisitoren, selbst einen Blick zu erhaschen, doch sein wirres Haar hing zu dicht über die Ohren.

„Von mir bekommt ihr nichts", grunzte er und knallte ihnen die gefüllten Krüge auf den Tresen.

Jacob nickte Kitty zu, als sie sich auf den Weg ins Gemeinschaftszimmer im ersten Stock machten, doch die

Sängerin wandte den Blick ab und wirkte ungewöhnlich niedergeschlagen. *Sicherlich*, dachte er sich, *hatten die heutigen, beunruhigenden Ereignisse sie mitgenommen.*

Oben war es nur geringfügig leiser, doch die Atmosphäre immerhin weniger ausgelassen, und es gab freie Tische.

„Ich glaube, wir haben es mit einer Bande von Zuckerschmugglern zu tun", sagte Abby, nachdem sie sich gesetzt hatten.

Jacob nickte. „Hat das einen Zusammenhang mit dem Pestdoktor?"

Sie zuckte mit den Schultern. „Ich weiß es nicht, Jacob."

„Wen vermutest du als unseren Mörder?"

Abby nahm einen Schluck von ihrem Bier und ließ die lauwarme Flüssigkeit auf der Zunge zergehen. „Ich habe im Moment nur Theorien."

Jacob hob einen Finger. „Was hat uns Hedges noch gleich in Bradshaws Lagerhaus gesagt? ‚Am Hafen sagt man, Trevelyan sei ein Auftragsmörder geworden'?"

Abby wartete, dass er fortfuhr.

„Was, wenn diese Nachricht Lydia Mercer zu Ohren kam? Das könnte ihr einen Grund gegeben haben, Trevelyan zu kontaktieren, trotz ihrer gemeinsamen Vergangenheit. Wenn sie verzweifelt genug war, um Wilkes und Drake loszuwerden?"

„Du glaubst also noch immer, dass die Schiffszubehörhändlerin für die Morde verantwortlich ist?"

Jacob kam nicht dazu zu antworten, denn Samuel Pepys ließ sich neben Abby nieder. Er nahm seinen durchnässten Hut und die Perücke ab, wuschelte sich durch das kurzgeschnittene Haar und schob ein Blatt Papier in die Mitte des Tisches.

„Was ist das?", fragte Jacob und griff danach.

„Ich fand es im Büro des Zolleinnehmers Joseph Catchpole, der kürzlich verstorben ist."

„Ja, Sir", warf Jacob ein. „Catchpole wurde vom Pestdoktor erschossen, kurz nachdem wir in Deptford eingetroffen waren. Allerdings war das ein Unfall, da der Pestdoktor…"

Als Pepys die Hand hob, um ihn zum Schweigen zu bringen, wirkte Jacob beleidigt.

„Lesen Sie diesen Brief, den ich Ihnen hingelegt habe, Mr Standish", sagte Pepys. „Vielleicht erkennen Sie, dass Catchpoles Tod kein Unfall war."

Jacob las laut vor, damit auch Abby verstand:

*Schutzbrief*

*An Humphrey Wilkes, Matrose der Venturer,*

*Dieses Dokument bestätigt, dass Joseph Catchpole, Zolleinnehmer Seiner Majestät, Humphrey Wilkes Straffreiheit für jegliche frühere Schmuggelaktivitäten an Bord der Venturer gewährt.*

*Im Gegenzug verpflichtet sich Humphrey Wilkes, die Identitäten seiner Mit-Schmuggler vollständig offenzulegen und vor Gericht gegen sie auszusagen.*

*Dieses Abkommen tritt mit der Unterschrift von Humphrey Wilkes in Kraft und garantiert ihm Straffreiheit für seine Kooperation.*

*Joseph Catchpole*
*Zolleinnehmer*


„Sie werden feststellen", sagte Pepys, „dass der Brief nicht von Wilkes unterzeichnet ist. Tatsächlich wurde er nie übergeben. Vermutlich, weil der arme Kerl ermordet wurde – von diesem abscheulichen Pestdoktor."

Abby ergriff das Wort. „Meister Pepys, glauben Sie, dass Catchpole ermordet wurde, weil er das Zucker-Schmuggelgeschäft an Bord der Venturer entdeckt hat?"

Pepys richtete seine funkelnden braunen Augen auf sie. „Und Sie, Abigail Harcourt? Glauben Sie es?"

# Chapter Twenty-Seven

# Ein verräterischer Hinweis

Jacob war entsetzt, als er feststellte, dass Arthurs Mutter wieder den Frühstücksdienst übernommen hatte.

„Habt ihr's schon gehört?", fragte sie, als sie den Schankraum mit verschlafenen Augen betraten.

„Gehört was?", fragte Jacob.

Die alte Frau funkelte ihn wortlos an, während sie sich mit dem kleinen Finger im Ohr stocherte.

„Gehört was, Mistress Hall?", fragte Abby.

„Dass die Scharlatanin Mercer tot ist. Und keinen Augenblick zu früh."

Der nächtliche Sturm hatte sich verzogen, es blieben nur noch schwere, drohende Wolken. Als die Inquisitoren am Laden der Schiffszubehörhändlerin ankamen, hatte sich bereits eine kleine Menschenmenge vor dem Eingang versammelt, und zwei Wachen standen mit gezogenen Schwertern an der Tür. Durch eines der Fenster konnten sie die elegant gekleidete Gestalt Samuel Pepys' erkennen.

Jacob deutete auf die Tür, als sie eintraten. Ein Kreuz und der gefürchtete Spruch waren in schwarzer Farbe daraufgeschmiert. „Der Pestdoktor fordert ein weiteres Opfer", sagte er leise.

Ohne Vorwarnung war Pepys über ihn her, völlig außer sich. „Mr Standish, der Pestdoktor hat ein weiteres Opfer gefordert!" Er fing sich, senkte die Stimme und fügte hinzu: „Das ist höchst peinlich. Wo waren meine Inquisitoren? Mein Ruf steht auf dem Spiel."

Jacob brachte nur ein wortloses Gemurmel hervor und zupfte an seiner Perücke.

Abby sprang ein. „Meister Pepys, Sir, würden Sie uns den Leichnam der unglücklichen Frau zeigen?"

„Ja, Ja", antwortete er zerstreut. „Hier entlang."

Lydia Mercer lag nur wenige Schritte entfernt, in einem Gang zwischen den Regalen voller nautischer Ausrüstung. Nägel, Haken, Ketten und Werkzeuge waren über den Boden verstreut – ein Zeichen für einen Kampf, wie die Inquisitoren feststellten.

Die Schiffszubehörhändlerin lag auf dem Rücken, in einem cremefarbenen Nachthemd, mit einer Stichwunde im Bauch. Ein Mann in langem schwarzen Mantel und wehendem weißen Hemd kniete über der Leiche.

„Sind Sie der Arzt?", fragte Abby.

„Tobias Mace", antwortete er, ohne aufzublicken. „Ich bin der Medizinalbeamte in Deptford."

„Wurde sie so vorgefunden?", fragte Abby.

„Ja", entgegnete Mace.

„Die Hände im Schoß, das Haar ordentlich gekämmt?"

Er nickte.

Sie deutete zur Eingangstür. „Wurde das Schloss aufgebrochen?"

„Das müssten Sie die Wachen fragen. Ich bin der Arzt, nicht der Schlosser."

Jacob nickte Abby zu und ging, um nachzusehen.

Sie fuhr fort: „Haben Sie etwas Ungewöhnliches entdeckt, Sir?"

Der Arzt unterbrach seine Untersuchung und sah sie an. *Er ist recht gutaussehend*, dachte sie, *und jünger, als ich für einen Mann seines Berufs erwartet hätte.* Er war glatt rasiert, mit markanten Gesichtszügen, blasser als die durchschnittlichen Leute hier, und sein dunkles Haar war mit einem roten Band zurückgebunden.

„Und Sie sind…?", erkundigte er sich.

Während sie sich und Jacob vorstellte, kehrte ihr Mitinquisitor zurück. „Das Schloss wurde nicht aufgebrochen, auch die Tür nicht", verkündete er. „Ein vorbeikommender Dockarbeiter hörte einen Tumult und kam nachsehen. Er sah einen Mann in Pestdoktortracht, der offenbar etwas suchte. Als er entdeckt wurde, floh er durch die Hintertür. Der Dockarbeiter fand Lydia Mercer am Boden. Sie war tot."

Pepys meldete sich zu Wort. „Sie kannte den Angreifer?"

„Wollten Sie meine Befunde hören?", fragte Mace scharf.

„Ja, bitte", sagte Abby.

Sanft zog Mace den rechten Ärmel von Lydias Nachthemd hoch und enthüllte ihren Ellbogen, der stark geprellt war. „Seht hier, ein großes Hämatom."

„Entstand es bei dem Kampf hier?", fragte Abby.

„Nein. Es ist schon teilweise verblasst, was darauf hindeutet, dass es vor zwei oder drei Tagen entstanden ist. Außerdem…", der Arzt hob Lydias linke Hand und nahm etwas daraus, das er hochhielt, „fand ich in ihrer Hand diesen Goldring mit einem Granat darin. Beachtet, dass sie an jedem Finger einen goldenen Ring trägt, nur nicht…", er hielt inne und hob ihren Ringfinger, „an diesem."

„Hat der Mörder ihr den Ring dort hineingelegt?", fragte Jacob.

„Ich glaube nicht. Die Faust der Toten war bei meiner Ankunft fest geschlossen und bereits steif – das deutet darauf hin, dass sie in den frühen Morgenstunden verstarb. Ich nehme an, sie selbst hat den Ring abgezogen und ihn in ihrer Hand gehalten, als sie ihren Verletzungen erlag."

„Ein Hinweis auf die Identität des Mörders?",
murmelte Pepys.

Abby warf ihm einen verärgerten Blick zu, den er nicht
bemerkte. „Doch ihr Haar, so ordentlich gekämmt", gab
sie zu bedenken, „und ihre Hände so sorgfältig drapiert?"

„Ja", erwiderte Mace und legte den Ring zurück in
Lydias Hand. „Das, so denke ich, war das Werk eures
sogenannten Pestdoktors."

„Ist hinter ihrem linken Ohr ein Zeichen mit Tinte
markiert, Sir?", fragte sie.

Der Arzt sah sie fragend an.

„Wären Sie so freundlich?", fügte sie hinzu.

Mace hob Lydias Kopf an, drehte ihn zur Seite und
strich ihr Haar beiseite. „Nein. Nichts."

Abby rieb sich die Wangen und stöhnte leise.

„Was ist?", fragte Pepys.

Die Inquisitorin schüttelte den Kopf. „Ein schweres
Unbehagen lastet auf mir, Sir."

„Dann sprecht schon!"

Abby atmete hörbar aus. „Ich glaube, der Pestdoktor,
den ich verfolgte und der Joseph Catchpole erschoss, war
Lydia Mercer."

Die Anklage hing wie Blei in der Luft.

Die junge Inquisitorin fuhr fort: „Lydia war... ist
linkshändig, wie wir sehen. Wenn ich die Szene vor
meinem inneren Auge abrufe, sehe ich den Pestdoktor, wie er die Pistole mit der linken Hand hält – was

ungewöhnlich ist. Sie stieß heftig gegen eine Wand, während sie floh, und griff sich dabei vor Schmerz an den rechten Ellbogen. Wir haben Lydias Prellung gesehen."

Jacob prustete: „Es kann doch nicht sein, dass eine Frau…?"

„Jacob, sie hat dir selbst gestanden, dass sie der Pestdoktor ist!", erinnerte Abby ihn. „Weißt du nicht mehr, wie sie dich herausforderte, es zu beweisen?"

„Ja, aber ich dachte…" Er verstummte, als die Wahrheit in ihm einsank.

Es war Pepys, der die naheliegende Frage stellte: „Wenn diese Lydia Mercer der Pestdoktor war – wer hat sie dann ermordet? Und das schwarze Kreuz an ihre Tür gemalt?"

Zwei Männer erschienen; einer fragte, ob man die Leiche entfernen könne, da sich draußen bereits ein Pöbel versammelte.

„Ja", antwortete Mace. „Bringt sie in mein Büro. Ich werde sie dort weiter untersuchen."

Pepys und seine Inquisitoren standen steif, die Köpfe gesenkt, als der eine Mann die Schultern und der andere die Fußgelenke der leblosen Schiffszubehörhändlerin packte und sie anhob.

Dabei rollte etwas unter ihr hervor.

Es war ein Haken, wie ihn ein Amputierter anstelle einer Hand trug.

„Trevelyan", keuchte Jacob.

# Chapter Twenty-Eight

# Pläne

Pepys und seine Inquisitoren hatten viel zu besprechen, als sie zurück zum Dockyard gingen. Immer wieder musste der ältere Mann stehen bleiben und sich die Stirn abtupfen, da er Mühe hatte, mit Jacob Schritt zu halten. „Glaubt Ihr ernsthaft, dass wir es mit zwei Pestdoktoren zu tun haben?", keuchte er. „Die Schiffszubehörhändlerin und Trevelyan, der noch immer auf freiem Fuß ist?"

Abby hatte sich längst daran gewöhnt, mit den langen Schritten ihres Mitinquisitors mitzuhalten, und eilte neben ihm her wie ein Kind an der Seite seines Vaters. Sie hatte dieses Gefühl sogar liebgewonnen. „Ich habe schon vermutet, dass es zwei sein könnten", gestand sie den beiden Männern, „aber ich hatte keinen Beweis. Maggie Wilkes berichtete, dass der Mörder ihres Mannes hinkte. Ebenso wie du, Jacob, als du deinen Angreifer zum Großen Lagerhaus verfolgtest. Das ließ mich an meiner Überzeugung zweifeln, dass der Pestdoktor, den ich sah, sich frei bewegen konnte. Jetzt weiß ich, dass ich mich nicht geirrt habe.

„Wir haben es mit zwei Mördern zu tun – einer, der sich frei bewegen konnte, Lydia Mercer, die Catchpole erschoss – und einem anderen, der hinkt, der Wilkes und nun auch Lydia ermordete.“

„Wenn es Mercer und Trevelyan sind, warum sollten sie dann gemeinsame Sache machen?“, fragte Jacob. „Er verachtete sie, und sie lebte in Angst vor ihm.“

„Und er wurde in Deptford bis gestern nicht gesehen“, fügte Abby hinzu. „Ich stimme dir zu, Jacob – das ergibt keinen Sinn.“

„Ebenso wenig, dass die Frau erstochen wurde. Der Pestdoktor benutzt doch eine Pistole.“

„In der Tat, Jacob. Ich bin mir sicher, dass sie ihren Mörder kannte und ihn ohne Zögern einließ. Deshalb wurde weder Schloss noch Tür beschädigt. Der Kampf fand auf kürzeste Distanz statt, als eine Pistole nutzlos war.“

Pepys war weit zurückgefallen. „Haltet!“, japste er. „Haltet, ich bitte euch.“

Die Inquisitoren warteten, bis er aufgeholt hatte.

Nachdem er wieder zu Atem gekommen war, erklärte Pepys: „Mir scheint, dass dieser Galgenstrick Trevelyan so bald wie möglich verhaftet werden muss.“

Abby warf Jacob einen Blick zu. „Sir“, sagte sie, „ich würde zur Vorsicht raten. Es könnte durchaus sein, dass

Trevelyan nicht der zweite Pestdoktor ist. Jacob und ich, wir…"

„…neigen zu Fehlurteilen, Abigail!", fuhr Pepys dazwischen. „Erinnere ich euch an Arthur Hall, *den Formschnittgärtner*, den ihr für einen Piraten gehalten habt?"

Sie schrumpfte sichtbar zusammen; Jacob rückte seine Perücke zurecht.

„Ich bin höchst enttäuscht von euch beiden", fügte Pepys hinzu. „Als ich nach Deptford kam, ging ich davon aus, dass ihr den Übeltäter längst gestellt hättet. Stattdessen schlägt er erneut zu! Direkt unter euren Nasen!"

Jacob trat mit seinem abgewetzten Stiefel gegen einen Holzsplitter. „Sir, darf ich…"

„Ich bin noch nicht fertig, Mr Standish! Ich habe euch mein Vertrauen geschenkt, und doch schleicht dieser Teufel Trevelyan durch Deptford und mordet nach Belieben! Was sagt Ihr dazu, Sir?"

„Ich glaube zu wissen, wo er ist, Sir", entgegnete Jacob, ohne seinem Mentor in die Augen zu sehen.

„Tatsächlich?"

„Ja, Sir. Diese Brotkrumen, die ich an Bord der Venturer bemerkte. Jetzt fällt mir auf, dass sie nicht alt waren. Ich war töricht, sie damals nicht näher zu untersuchen, aber ich…"

Ungeduldig unterbrach ihn Pepys: „Trevelyan ist an Bord der Venturer?"

„Das ist meine Vermutung, Master Pepys. Es wäre mir eine große Ehre, Euch bei seiner Verhaftung zu begleiten. Ich schlage vor, wir nehmen ein Dutzend der besten bewaffneten Männer der Marine mit.“

Pepys ergriff Jacobs Hand und strahlte. „Ich hatte nicht im Traum vor, diesen Schurken allein festzunehmen, Standish!“

# Chapter Twenty-Nine

# Leugnung

Eine Gruppe von sieben Männern und Abby machte sich so unauffällig wie möglich auf den Weg über die steilen hölzernen Stufen hinunter in den Laderaum der Venturer. Jacob ging mit einer Laterne voran, dicht gefolgt von fünf Marineinfanteristen des Maritimen Regiments, die ihre Musketen im Anschlag hielten. Pepys hielt sich bei Abby zurück (um sicherzustellen, dass ihr kein Leid geschah, wie er ihr versicherte).

Sie hielten vor der verborgenen Tür zu Kitty Blakes Versteck. Die Fässer standen so da, wie Pepys und Jacob sie am Vorabend zurückgelassen hatten, gestapelt an den Seiten des Laderaums. Durch die Lüftungslöcher in der vorderen Wand drang kein Licht, was darauf hindeutete, dass niemand darin war. In der Tat schien alles genau so, wie sie es verlassen hatten.

*Habe ich mich geirrt?* fragte sich Jacob, bemüht, einen selbstsicheren Ausdruck zu bewahren. Dann bemerkte er es: Der Knoten im Holz, mit dem man die geheime Tür öffnen konnte… Er hatte ihn am Abend zuvor wieder eingesetzt, doch nun fehlte er.

Er nickte den Marinemännern zu, deren Anführer ihm bedeutete, beiseitezutreten. Als Jacob schmerzerfüllt den Kopf schüttelte, stieß ihn der vorderste Soldat mit der Bajonettspitze zurück. Widerwillig gehorchte er.

Alles war in wenigen Sekunden vorbei. In Wahrheit leistete Henry Trevelyan keinen Widerstand. Drei hätte er bezwingen können; vier, vielleicht. Aber fünf bewaffnete, gut ausgebildete Männer in diesem engen Raum… Nein.

Man band ihm die Hände auf den Rücken, und unter dem drohenden Spieß der Bajonette wurde er abgeführt. Den Inquisitoren fiel auf, dass sein Haken an Ort und Stelle war. *Hat er Ersatzhaken?* fragten sie sich.

„Ihr werdet dafür hängen, Trevelyan", sagte Pepys, als Henry in sicherem Abstand war.

Der Kornwaliser blieb stehen und drehte sich um. „Wofür denn hängen, Sir?" Er war breit und muskulös, mit einem stattlichen, wettergegerbten Gesicht. Und doch, so war sich Abby sicher, war sein Herz schwarz.

„Ihr seid der Pestdoktor, Sir", erklärte Pepys.

Henry wirkte belustigt. „Ich bin kein Arzt."

„Nicht *ein* Pestdoktor", erwiderte Pepys ungeduldig. „*Der* Pestdoktor."

„Ich weiß nicht, von wem Ihr sprecht, Sir."

Noch ehe er sich beherrschen konnte, stapfte Pepys auf Trevelyan zu. „Ihr habt Humphrey Wilkes, Joseph Catchpole und zuletzt die Schiffszubehörhändlerin Lydia Mercer ermordet, Henry Trevelyan", sagte er. „Und Ihr werdet dafür hängen."

Henry runzelte die Stirn. „Lydia Mercer, die Pestdoktorin? Ist sie tot?"

„Spielt keine Spielchen mit mir, Sir!"

In ruhigem Ton erwiderte Henry: „Sir, Lydia Mercer pflegte mich, als ich schwer krank war. Ich hätte ihr nur danken wollen für ihre Güte. Wer glaubt, ich hätte der Frau geschadet, der irrt sich gewaltig." Er verzog spöttisch die Lippen. „Nein, ich kam nach Deptford, um den Mann zu töten, der mich erpresst und an die Admiralty verraten hat – dem ich meine Beute überließ, der aber dennoch meine Laufbahn zerstörte. Leider scheint es, als hätte ich es versäumt, sein verbittertes Herz zu zerquetschen."

Abby konnte nicht umhin zu bemerken, dass er dabei nicht sonderlich niedergeschlagen klang.

„Führt ihn ab!", befahl Pepys den Marinemännern. „Ich werde diese Angelegenheit mit höchster Eile zu Ende bringen. Holt den Master Shipwright herbei, und wir werden uns versammeln, um die erdrückenden Beweise gegen Henry Trevelyan zu hören, woraufhin er von einem Magistrat vor den Assisen verurteilt werden wird."

Abby wandte sich an ihren Meister. „Sir, dürfte ich vorschlagen, dass wir uns in Lydia Mercers Schiffszubehörladen versammeln?"

Obwohl Pepys zunächst verblüfft dreinschaute, willigte er ein und setzte die Stunde für die Untersuchung auf fünf Uhr nachmittags fest.

Abby hatte noch eine weitere Bitte an Pepys. „Sir, habt Ihr das Lohnbuch der Venturer bei Euch?", fragte sie.

„Das habe ich, Abigail. Warum fragt Ihr…?"

„Ich möchte, dass Ihr mir darin ein kleines Detail bestätigt."

# Chapter Thirty

# Maggie Wilkes

Die Inquisitoren besuchten das Haus der Witwe von Humphrey Wilkes, während Pepys sich mit den Vorbereitungen für Trevelyans Anklage beschäftigte. Bevor sie sich trennten, bat Abby ihren Herrn zudem, dafür zu sorgen, dass auch andere Mitglieder der Venturer-Besatzung anwesend seien.

Als sie am Upper Water Gate auf dem Weg zu Maggie Wilkes' Haus vorbeikamen, bemerkte Jacob: „Es fühlt sich an wie eine Ewigkeit, seit wir hier das erste Mal vorbeigingen, dabei sind es nur wenige Tage."

Als Abby nicht antwortete, stieß er sie an. „Ich sagte…"

Sie schnappte nach Luft. „Verzeih, Jacob. Ich war in Gedanken."

„Unsere Zeit in Deptford ist wie im Flug vergangen."

„Ja", entgegnete sie. „Die Arbeit eines Inquisitors ist vereinnahmend, das lerne ich gerade, doch ich möchte sie um nichts in der Welt missen. Macht es dich nicht auch lebendig, Jacob?"

Sie erreichten die heruntergekommene Häuserzeile, in der Wilkes' Witwe lebte. „In der Tat, ich empfinde dasselbe", erwiderte Jacob nach einer längeren Pause. „Natürlich. Ich schulde Mr Pepys großen Dank. Er hat mir einen Lebenszweck gegeben, den ich belebend finde. Doch… dieser Ort beunruhigt mich. Deptford weckt unschöne Erinnerungen an meine Zeit in Woolwich, die ich lieber vergessen möchte."

Maggie Wilkes' Haus tauchte vor ihnen auf, zur Rechten. Abby blieb stehen. „Henry Trevelyan ist nicht der Pestdoktor. Ich glaube zu wissen, wer es ist."

Jacob wollte etwas erwidern, doch sie hielt ihn zurück. „Allerdings", fuhr sie fort, „wenn Trevelyan Hook-Hand ist, wie ich glaube – der das schreckliche Feuer in London gelegt hat –, dann sollte er für dieses abscheuliche Verbrechen bezahlen."

„Wir haben keinen Beweis, dass er es war."

„Du hast unter Seeleuten gearbeitet. Wie viele trugen einen Haken anstelle der Hand?"

„Ich kann mich an keinen erinnern", gestand er.

Abby zog eine Augenbraue hoch.

Jacob ging wieder los. „Du wirst es niemals beweisen."


Die Inquisitoren waren erleichtert zu sehen, dass Maggie Wilkes das schwarze Kreuz und den Schriftzug an ihrer Tür überklebt hatte. Doch als sie erschien, wirkte sie blasser und erschöpfter als zuvor.

Ihr Töchterchen Emma schlief auf dem Bett, eingehüllt in eine dicke Decke. Als sie eintraten, legte Maggie den Finger an die Lippen. Kein Feuer brannte, und der Raum war so kalt, dass ihr Atem in Wolken aufstieg.

„Was wollt ihr?", fragte sie.

„Wir halten Euch nicht lange auf, das verspreche ich", sagte Abby. „Ich muss wissen: Hatte Euer Mann ein Symbol hinter seinem linken Ohr?"

Maggie blinzelte rasch. „Woher wisst ihr das?"

„Eine fundierte Vermutung. Welches Symbol war es?"

„Ein schwarzer Vogel. Ein Rabe, glaube ich."

Abby lächelte. „Ich danke Euch sehr. Noch eine letzte Frage, Maggie. Ihr sagtet uns beim letzten Mal, der Kamin sei verstopft gewesen. Ist der Schornsteinfeger inzwischen gekommen?"

„Ja, dieses Haus ist mächtig kalt", fügte Jacob hinzu und blickte zum Baby.

Maggie wurde unruhig. „Ja, der Feger ist... beschäftigt", antwortete sie zögerlich und sah sich im Raum um.

„Das dachte ich mir", sagte Abby. Sie ging zum Kamin, trat hinein und tastete mit der rechten Hand nach oben. „Ah", meinte sie.

Kurz darauf lagen vier kleine, prall gefüllte Hanfsäcke vor dem Kamin. „Zucker, nehme ich an?", fragte Abby.

Maggie stürzte sich auf die Inquisitorin und packte ihre Hände. „Bitte sagt es niemandem!", flehte sie und senkte die Stimme, als sich das Baby rührte. „Ich habe ihn nie verkauft, da ich nicht wusste, wie. Ich werde ihn zurückgeben, ich schwöre es."

Abby drückte ihre Hand. „Fürchtet Euch nicht, Maggie, wir werden nichts sagen. Mr Standish wird Euch helfen, einen Käufer für Euren Zucker zu finden."

Jacob sah entsetzt aus.

„Nicht wahr, Mr Standish?"

Er bemerkte, dass Emma aufgewacht war und ihn mit großen, blauen Augen anstarrte.

# Chapter Thirty-One

# Die Untersuchung

Als Abby und Jacob auf dem Weg zur Schiffszubehörladen von Mercer & Sons waren, sahen sie eine vertraute Gestalt auf sich zukommen. Es war Robert Drake. Als er die Inquisitoren erblickte, eilte er auf sie zu, hielt jedoch kurz vor einer Umarmung inne.

„Stimmt die Nachricht?", fragte er aufgeregt. „Der Pestdoktor ist enttarnt und in Gewahrsam genommen?"

„Ja, Mr Drake", sagte Jacob. „Ihr seid tatsächlich sicher vor seinen Klauen."

Drake schüttelte ungläubig den Kopf. „Ist es wahr, was man sich erzählt? Dass der Pestdoktor mein ehemaliger Kapitän auf der Venturer war, Henry Trevelyan?"

Abby meldete sich zu Wort. „Mr Drake, um fünf Uhr findet eine Untersuchung in den Räumen von Mercer & Sons statt, geleitet vom Master Shipwright. Es wäre klug, wenn Ihr dort erscheint."

Drake verbeugte sich. „Ich werde gewiss dort sein!", erwiderte er. „Ich bin Euch sehr dankbar. Und auch Euch,

Mr Standish. Ihr habt Euch als gewandte Inquisitoren erwiesen und seid eine Zierde für meinen Freund Mr Pepys." Mit einem letzten Nicken zu jedem von ihnen eilte er davon.

Abby und Jacob trafen früh im Schiffszubehörladen ein und waren bereits anwesend, als Pepys mit Theodore Penn erschien. Der Master Shipwright war für den offiziellen Anlass gekleidet, in einem feinen dunklen Wollwams mit Messingknöpfen und aufwendiger Stickerei. Er trug eine lange, sorgfältig frisierte Perücke und einen Federhut. Ein cremefarbener Seidenumhang und ein silberbeschlagener Stock verliehen ihm den letzten Hauch von Autorität.

Dockarbeiter hatten den Hauptverkaufsraum freigeräumt, indem sie die Regale zur Seite geschoben hatten.

Nach und nach trafen die Schlüsselfiguren ein, und die Szene nahm Gestalt an.

Aufgereiht vor dem Ladentisch, in unterschiedlichem Maße unbehaglich, standen Peter Bradshaw, Arthur Hall, Hugo Hedges und Kitty Blake.

Ihnen gegenüber saßen Penn und Pepys.

Unter den Zuschauern befanden sich Abby und Jacob, Robert Drake und einige Marinesoldaten, die für Ordnung sorgen sollten.

„Warum stehe ich hier, unter diesen Männern?“, wollte Kitty wissen. „Ich bin nicht der Pestdoktor, falls Ihr den sucht.“

„Ja, ich auch nicht“, sagte Hedges.

Bradshaw grinste nur; der Wirt schien es zu genießen, Jacob finster anzustarren.

„Ruhe!“, befahl Penn.

Aus der Ferne schlug eine Kirchenglocke fünfmal und eröffnete die Verhandlung.

Pepys erhob sich. „Wo ist Henry Trevelyan?“, fragte er. „Wie können wir eine Untersuchung führen, wenn der Angeklagte fehlt?“

Abby trat vor. Sie hatte ihr Haar geflochten und wirkte besonders würdevoll, auch wenn das Kleid, das Pepys ihr gekauft hatte, inzwischen etwas schäbig aussah. „Master Pepys, wenn ich…?“

Pepys blickte zu Penn, der nickte. „Nun gut“, sagte er.

Abby begann: „Master Pepys, ich behaupte vor Euch und vor dem ehrenwerten Master Shipwright, Mr Penn, dass Henry Trevelyan nicht der Pestdoktor ist. Er ist, dessen bin ich gewiss, anderer Verbrechen schuldig, aber nicht der Morde an Humphrey Wilkes und Lydia Mercer.“ Ihr wurde schlagartig bewusst, dass alle sie anstarrten.

Pepys sprang auf, prustete: „Das ist höchst ungehörig, Abigail! Könnt Ihr… könnt Ihr diese abenteuerliche

Theorie untermauern? Dass Trevelyan irgendwie unschuldig ist?"

„Ich kann beweisen, wer schuldig ist, Sir. Und es ist nicht Trevelyan."

Pepys sank schwer auf seinen Stuhl. „Dann tut es."

Abby wandte sich an Robert Drake neben ihr. „Mr Drake, würdet Ihr Euch bitte zu den anderen Verdächtigen stellen?", bat sie und wies auf die Reihe der Angeklagten.

Er lachte verlegen. „Aber warum? Ich war doch ein Opfer des Pestdoktors!"

Abby sah zu Penn.

„Tut, was sie sagt, Mr Drake", befahl der Master Shipwright.

Der Größenunterschied zwischen denen, die vor dem Ladentisch aufgereiht standen, war fast schon komisch — vom massigen Arthur Hall bis hin zu Drake, der kleiner war als Kitty. Sie warfen sich gegenseitig ratlose Blicke zu. Drake protestierte weiter, doch Penn brachte ihn zum Schweigen.

Abby wandte sich an den Master Shipwright. „Sir, ich glaube, hinter dem linken Ohr vieler, wenn nicht aller hier Versammelten findet sich ein kleines, in die Haut gestochenes Zeichen. Dürfen wir sie inspizieren?"

Als Penn nickte, trat Jacob vor, um die Untersuchung vorzunehmen.

Hinter Bradshaws Ohr fand er das Kaninchen, das er schon zuvor bemerkt hatte, und hinter Kittys Ohr entdeckte er eine Mondsichel. Hedges, so stellte er fest, trug einen Fuchs.

Als er vor Hall stand, streckte der Wirt ihm die Zunge raus. „Darf ich?", fragte Jacob.

Hall zuckte die Schultern und schnaubte.

Jacob fand nichts.

„Darf ich jetzt gehen?", schnappte der Wirt. „Ich habe nichts mit deren verlauster Schmugglerbande zu schaffen und brauche keine feige Verkleidung, um es mit jedem Narren aufzunehmen, der mir Unrecht tut."

Abby suchte Penns Zustimmung und bekam sie. „Ja, Ihr dürft gehen, Mr Hall", sagte sie.

„Das ist Unsinn!", protestierte Drake. „Warum stehe ich hier unter diesen Halunken? Bradshaw ist der Pestdoktor!"

Der Zopfträger Bradshaw drehte sich um und grinste ihn an.

Obwohl Drake sich gegen Jacobs Untersuchung wehrte, war der Inquisitor zu stark für ihn. „Hinter seinem Ohr ist eine Ente", verkündete Jacob.

„Wie ich vermutet hatte", sagte Abby. „Ein männlicher Erpel ist ein drake, und Drakes Spitzname lautet Duck. Ihr habt es doch in Arthur Halls Glücksspielbuch gesehen, Jacob: 'Duck schuldet Raven'... Wie viel war es?"

„Zwölf Pfund, vier Schilling und… die Pence habe ich vergessen", antwortete er.

„Eine stattliche Summe. Die er Humphrey Wilkes schuldete. Wilkes' Witwe, Nora, erzählte uns, dass das Zeichen hinter seinem Ohr ein Rabe war. Wir dürfen also getrost annehmen, dass sein Spitzname Raven war. ‚Duck schuldet Raven'." Abby warf Pepys einen Blick zu und freute sich zu sehen, dass er verblüfft aussah.

Penn ergriff das Wort. „Also hat Drake Wilkes wegen dieser Schuld getötet?"

„Nein, Sir", erwiderte Abby. „Obwohl es ihm sehr gelegen kam, da der Bande, Drake eingeschlossen, das Geld ausging. Der Zuckerschmuggel kam zu einem Ende, als ihr Anführer, Captain Henry Trevelyan, auf das Wort eines seiner eigenen Männer hin verhaftet wurde. Nämlich Robert Drake."

Drake platzte vor Empörung. „Das werde ich nicht hinnehmen, Sir! Wie kann dieses Dienstmädchen es wagen, meinen guten Namen zu beschmutzen! Ich fordere, dass Ihr…"

Der Master Shipwright knallte seinen Stock auf den Boden. „Ruhe, Mr Drake!" donnerte er. „Noch ein Wort, und ich lasse Euch in Ketten legen!"

Der Zahlmeister hatte keine Wahl als zu gehorchen. Sein Gesicht war knallrot, und er starrte Abby mit einem Ausdruck puren Hasses an.

Als wieder Ruhe eingekehrt war, fragte Penn Abby: „Wenn Drake Wilkes nicht nur wegen des Geldes ermordet hat, warum dann?"

„Ich glaube", sagte Abby, „dass Joseph Catchpole, der Zollbeamte, den Zuckerschmuggel zu durchschauen begann, nachdem er Unstimmigkeiten in seinen Büchern fand. Master Pepys entdeckte in seinem Büro einen Freibrief, adressiert an Wilkes. Die Schmuggler bekamen von diesem bevorstehenden Verrat Wind — in Deptford spricht sich so etwas schnell herum — und so mussten beide Männer sterben."

Drake wirkte, als würde er gleich platzen. Jacob konnte nur den Kopf schütteln vor Staunen.

Abby fuhr fort: „Jacob, du hast mutig das Glücksspielzimmer in The Ship entdeckt. Was stand an der Wand geschrieben?"

Er richtete seine Perücke. „Die Worte lauteten: ‚Wirf die Würfel. Töte oder stirb.'"

„Ich glaube, die Bande hat gewürfelt, um zu entscheiden, wer Wilkes und Catchpole ermorden sollte." Abby sah Drake an. „Du hast verloren."

„Dann kannten sie alle die Identität des Pestdoktors?", rief Pepys empört.

„Ich kann es nicht beweisen, Sir, doch das ist meine Vermutung."

Abby erklärte weiter, dass Drake einen raffinierten Plan ersonnen hatte, um von seiner Schuld abzulenken und gleichzeitig Catchpole loszuwerden. Nachdem er Wilkes selbst ermordet hatte, ließ Drake jemanden dasselbe Pestdoktorenkostüm anlegen und es so aussehen, als wäre er selbst das nächste Opfer.

„Da er beim Würfeln verloren hatte, weigerten sich seine Komplizen, mitzumachen. Also griff er auf seine Geliebte zurück, Lydia Mercer."

„Das ist eine Farce!", donnerte Drake.

Penn hämmerte seinen Stock wiederholt auf den Boden. „Ruhe, Mr Drake, wir hören uns von Ihnen nichts mehr an!"

Wutentbrannt schrie der Zahlmeister über ihn hinweg: „Ich werde mich verteidigen, Sir! Sie kann nichts davon beweisen!"

Abby gab ihrem Mitinquisitor ein Zeichen, der hinter den Tresen trat und einen großen, flachen, rechteckigen Gegenstand herausholte, der in ein Tuch gehüllt war.

Als er damit an Abbys Seite zurückkehrte, sagte sie: „Dies ist das Porträt, das Lydia malte, ehe sie ermordet wurde. Wir sahen es, als wir sie besuchten, und sie schien geradezu verzweifelt darauf bedacht, dass wir nicht unter das Tuch blickten. Jacob, wenn du so freundlich wärst?"

Kitty Blake keuchte hörbar, selbst Bradshaws ewiges Grinsen verschwand. Das Porträt zeigte Robert Drake, wie er selig lächelte.

„Aber ich… ich… ich habe das in Auftrag gegeben!", protestierte Drake.

„Ich habe erwartet, dass Ihr das sagt, Mr Drake", erwiderte Abby. „Darum habe ich es mir vorhin genauer angesehen. Beachtet hier im Porträt dieses herzförmige Medaillon in Eurer Hand. Jacob, wessen Abbild ist darin zu sehen?"

„Lydia Mercers!", verkündete er, sichtlich vergnügt.

Abby fuhr fort: „Ihr werdet auch bemerken, welchen Ring Mr Drake auf dem Gemälde am Finger trägt: einen Goldring mit einem eingesetzten Granat. Derselbe Ring, den wir in Lydia Mercers toter Hand fanden. Den Ihr ihr zusammen mit den anderen gegeben habt, Mr Drake, als Zeichen Eurer Zuneigung."

„Das habe ich niemals getan!"

„Dann zeigt uns denselben Ring an Eurem Finger, wie er hier gemalt ist."

„Verfluchtes, freches Gör!", rief Drake und stürmte auf die Tür zu. Innerhalb von Sekunden wurde er von den Marines gepackt und nutzlos festgehalten.

Abby wandte sich an Theodore Penn. „Mr Penn, Sir, Deptfords Pestdoktor ist Robert Drake. Nicht Henry Trevelyan."

Pepys fuhr zusammen. „Ich hatte diesen Schurken vor lauter Aufregung fast vergessen. Wo ist Trevelyan?"

„Ich habe ihn freigelassen, Mr Pepys", antwortete Penn.

Pepys' Mund stand offen. „Auf wessen Anordnung, Sir?"

„Auf die Anordnung eines Amtes, das höher steht als das unsere."

„Das Admiralty?", keuchte Pepys.

Penn schüttelte den Kopf. „Höher, Sir."

„Old Rowley?"

Die beiden Männer tauschten wissende Blicke und schwiegen.

# Chapter Thirty-Two

# Feier

„Herzlichen Glückwunsch, Mr Standish!", sagte Pepys zu Jacob und schüttelte ihm heftig die Hand. Dann wandte er sich Abby zu, nahm ihre Finger und küsste sie. „Und auch Ihnen, Abigail. Als feiner Menschenkenner wusste ich die ganze Zeit, dass Sie beide das Zeug dazu haben. Habe ich nicht immer gesagt, dass Robert Drake ein dunkles Pferd sei?"

Keiner der beiden Inquisitoren wagte zu erwähnen, dass er ihnen genau das Gegenteil gesagt hatte.

Sie befanden sich im Gemeinschaftsraum im ersten Stock der Ship, um dem unziemlichen Tumult unten zu entgehen. Pepys hatte ihnen versichert, dass keine Kosten gescheut würden, und Speisen und Getränke für zehn Personen bestellt. Ein üppiges Arrangement aus gebratenem Rind, Schwein und Huhn bildete den Mittelpunkt, umgeben von gebackenem Lachs, Erbsenpüree, grünen Salaten und einer Auswahl an Obstkuchen.

Arthur Hall brachte Krüge mit Ale, Wein und Met. Als er sie abstellte, wandte er sich an Jacob, dem er sichtlich misstraute. „Ich hasse diesen Schuft Drake", sagte er schroff. „Er hat das Land meiner Familie gestohlen und mich dabei verletzt. Diese Getränke gehen aufs Haus."

Beide Männer hatten noch Fragen an Abby, was den Fall anging.

Pepys begann. „Warum baten Sie mich, das Lohnbuch der Venturer zu prüfen?"

„Ah!", erwiderte sie, mit vollem Mund vom Pastetenessen. „Das hätte ich fast vergessen. Hat Drake, wie er seiner Frau sagte, im letzten Monat eine Lohnerhöhung bekommen?"

Pepys leerte seinen Weinkelch und schenkte sich noch einen ein. „Das Schiff liegt seit drei Monaten im Dock, nachdem es auf der Rückkehr aus Tanger von den Holländern beschädigt wurde. Kein Mann hat eine Erhöhung erhalten."

„Wie ich dachte, Sir. Er hat seine Frau belogen, um zu vertuschen, dass er sein Geld durch Schmuggel verdiente — und dass er es Wilkes nach dessen Ermordung gestohlen hat. Ich wurde bei Drake am Dock misstrauisch, als Catchpole erschossen wurde. Mir schien, als suchte er den Pestdoktor, noch bevor Jacob rief, als habe er ihn erwartet.

„Wir hatten Drake kurz zuvor getroffen, und er war sehr darauf bedacht, fortzukommen. Ich glaube, er und Lydia Mercer hatten die Uhrzeit für Catchpoles Mord auf ein Uhr festgelegt. Die Taschenuhr des Zöllners blieb bei fünf nach stehen. Er hat sie tatsächlich erwartet."

Jacob, der schon ziemlich angeheitert war, stieß Pepys an, was den älteren Mann sichtlich ärgerte. „Aber Drake hinkt doch nicht", warf er ein. „Der Pestdoktor hinkte."

Abby grinste und hob warnend den Finger. „Nein, Jacob. Der Pestdoktor hinkte nicht. Er trug Schuhe mit dicken Sohlen, die das Gehen erschwerten. Drake ist so klein, dass er sonst leicht erkannt worden wäre."

„Nein!", rief Jacob und schlug so heftig auf den Tisch, dass sein Hühnchen auf den Boden hüpfte. „Waren das dieselben übergroßen Stiefel, die ich im Großen Lagerhaus fand? Die er ausgezogen hatte, um seine Flucht zu erleichtern?"

Abby nickte. „Erinnere dich an die Fußspuren im Staub im Hinterzimmer des Pestmuseums. Eine große, eine kleinere. Wir dachten, sie seien von zwei verschiedenen Personen. Jetzt bin ich sicher, dass beide von Drake stammten: die eine vom Pestdoktorstiefel, die andere von seinem Schuh. Er verließ Deptford nie, sondern versteckte sich die ganze Zeit dort — mit dem Einverständnis seiner Geliebten Lydia Mercer."

„Ein würdiger Gegner", sagte Pepys und bekam dabei einen Schluckauf.

„Er hat sich redlich bemüht, seine Spuren zu verwischen", entgegnete Abby. „Er ließ dir, Jacob, einen Zettel fallen, legte falsche Spuren, um Trevelyan und sogar seine Geliebte Lydia zu belasten. Dann tötete er sie kaltblütig, als er fürchtete, sie könnte sich gegen ihn wenden lassen. Er wusste, dass die Schmugglerbande, so verstrickt wie sie waren, nicht umzukehren wäre. Die arme, gebrochene Lydia war weniger verlässlich."

„Sie hat ihn nicht an die Admiralty verraten?", fragte Jacob, während er den Dreck von dem Hühnchen wischte, das er wieder aufgehoben hatte.

„Nein, das war Drake", sagte Abby. „Als Trevelyan an Bord der Venturer gefasst wurde, sagte er uns, er sei gekommen, um den Mann — nicht die Männer — zu töten, der ihn erpresst und verraten hatte. Es musste Drake gewesen sein, da Bradshaw und Hedges unzertrennlich sind. Ich schenkte leider Kitty Blakes Worten zu wenig Beachtung, als sie uns erzählte, sie sei vom Bootsmann gefüttert worden, während sie als blinde Passagierin versteckt war. Wer war der Bootsmann auf der Venturer?"

„Bradshaw!", rief Jacob.

„Ja. Trevelyan vertraute ihm, Kitty zu verstecken, selbst wenn Drake und Wilkes ebenfalls Teil der Schmugglerbande waren. Es kam zum Zerwürfnis. Ich vermute, Wilkes log seiner Frau vor, Bradshaw und Hedges seien diejenigen gewesen, die für Meuterei ausgepeitscht wurden, und schwor, sich zu rächen. In Wahrheit waren Drake und Wilkes die Meuterer. Drake übte seine Rache aus — durch Erpressung und Verrat."

Pepys hob seinen Kelch, um einen Trinkspruch auszubringen. „Auf die feinsten persönlichen Inquisitoren in ganz England!"

Abby starrte ihren Herrn mit offenem Mund an. „Ihr nennt mich eure persönliche Inquisitorin, Sir. Bin ich befördert?" Die Worte blieben ihr fast im Halse stecken.

„Ja, Abigail!", erwiderte er. „Als Inquisitorin seid Ihr mir weit nützlicher als als Hausmagd. In der Tat...", Pepys machte eine Pause für die Wirkung, „...seid Ihr eine recht untaugliche Hausmagd!"

Wie sie lachten.

# Chapter Thirty-Three

# Abreise

Pepys lieh sich für die Rückkehr nach Seething Lane eine prächtige Barge vom Navy Office, da er den Anlass für ein wenig Zurschaustellung würdig hielt. Sie war länger als jede, die Abby je gesehen hatte, mit einer überdachten Kabine am Heck, die mit kleinen, bunten Fahnen geschmückt war. Sie war noch nie in solchem Stil und Luxus gereist.

Theodore Penn stand am Kai, um ihnen Lebewohl zu sagen. Am Vorabend hatte er dafür gesorgt, dass die Mitglieder der Schmugglerbande inhaftiert und vor Gericht gestellt wurden.

Leicht vor Jacob verneigend, sagte Penn zu ihm: „Es scheint, ich habe mich in Ihnen geirrt, Mr Standish. Offenbar liegen Ihre Talente nicht in Zahlen. Ich danke Ihnen vielmals, Sir." Dann wandte er sich an Abby. „Und Ihnen, Abigail Harcourt. Sie haben einen scharfen Verstand, was mich in der Tat sehr überrascht."

Höflich verneigend, biss sie sich auf die Zunge.

„Mein Pepys", sagte er schließlich. „Wir werden uns sicher bald wiedersehen."

„Ja, Mr Penn. Daran habe ich keinen Zweifel."

Abby räusperte sich.

„Ah!", sagte Pepys, von ihr aufmerksam gemacht. „Es gäbe da noch eine kleine Bitte, Sir. Die Sängerin… Wie war doch ihr Name?"

„Kitty Blake", sagte Abby ihm.

„In der Tat, die Sängerin im Ship Inn, die Kitty Blake heißt. Abigail hat mich darüber informiert, dass sie entscheidende Hinweise bei der Suche nach dem Pestdoktor geliefert hat und eine Vielzahl von Sprachen beherrscht. Ich bitte Sie demütig, Sir, dass man sie in Anerkennung ihres Dienstes für den König aus dem Gefängnis entlässt und ihr die Stelle einer Übersetzerin anbietet, in der sie, davon bin ich überzeugt, glänzen wird."

„Sehr wohl, Mr Pepys, wenn das Ihr Wunsch ist."

Die Barge legte ab und fuhr flussaufwärts, gerudert von einem halben Dutzend livrierter Männer. Samuel Pepys und seine Inquisitoren machten es sich in den üppig gepolsterten Sesseln bequem und lächelten einander zu.

„Mr Pepys", sagte Jacob. „Was steht als Nächstes für Ihre Inquisitoren an? Ich brenne darauf, eine neue Ermittlung zu beginnen, Sir."

„Keine Sorge, Mr Standish", erwiderte er und schenkte sich ein großes Glas Sackwein ein. „Ich habe bereits einen Fall fest im Sinn, der Sie in eines der schmuddeligeren Kaffeehäuser Londons führen wird. Ihre Dienste als meine persönliche Inquisitorin…", Pepys hob sein Glas zu Abby und neigte den Kopf. „…als meine persönlichen *Inquisitoren* werden bald wieder auf die Probe gestellt werden."

*Wenn Ihnen dieser Samuel-Pepys-Krimi gefallen hat, hinterlassen Sie bitte eine Rezension auf Ihrer bevorzugten Buchplattform — sie helfen sehr und sind höchst willkommen.*
*Mein Serienlink bei Amazon: mybook.to/pepys-de*
*Was kommt als Nächstes für Pepys, Abby und Jacob? Lesen Sie weiter…*

# Band 3

## Die Coffee-House-Morde

London, 1666 – Kaffee zu trinken kann tödlich sein …
Amazon-Link: mybook.to/pepys-de
„Ich liebte dieses Buch noch mehr als das erste." – Book-
worm Stephanie

# Ellis Blackwood

Ellis Blackwood verliebte sich in die Tagebücher von Samuel Pepys – und in das bunte England des 17. Jahrhunderts, das der große Mann darin so lebendig schildert. Aus dieser literarischen Liebe entstand die Reihe.

Ellis lebt mit seiner Frau, seinen beiden Töchtern und Hund Spike an der Küste von Cornwall. Früher schrieb er als Journalist für viele der bekanntesten Zeitungen und Magazine Großbritanniens. Vor Kurzem hat er außerdem seinen Master in Comedy Writing an der Universität Falmouth gemacht.

Der siebte Band von Ein Fall für Samuel Pepys – The Brampton Ghost Murders – erscheint am 31. Oktober 2025 auf Englisch.

Ich bin auf Facebook und Instagram aktiv und freue mich immer über einen Plausch. Scanne diesen QR-Code, um meine Website und alle Social-Media-Links zu finden.

# Danksagung

Ich hätte Die Pestdoktor-Morde nicht ohne die herausragende Arbeit von Tim Brown veröffentlichen können, dessen Cover eine wahre Freude sind und dessen redaktioneller Rat mir ein Segen war. Ebenso hat meine Frau Sinead im Hintergrund unermüdlich und großzügig dafür gesorgt, dass ich Zeit und Raum zum Schreiben hatte. Mein Dank gilt auch Charles Johnston, dem Erzähler der Pepys Mysteries-Hörbücher, für seine zusätzliche Bearbeitung des Manuskripts.

Wer tiefer in die Welt von Samuel Pepys und das England des 17. Jahrhunderts eintauchen möchte, dem empfehle ich den Einstieg mit diesen Werken:

- *The Illustrated Pepys*, herausgegeben von Robert Latham, Penguin Books (1979)

- *London and the 17th Century* von Margarette Lincoln, Yale University Press (2021)

- *Samuel Pepys: The Unequalled Self* von Claire Tomalin, Penguin Books (2003)

- *A Journal of the Plague Year* von Daniel Defoe, Penguin Books (1986)

- *Mr Pepys' Navy* von L.A. Wilcox, G Bell & Sons (1966)